像螺旋一樣

吳佳駿

目錄

推薦序

過港隧道

楊富閔

最初接觸佳駿的小說是《新兵生活教練》，首先被他瞄準的軍事題材吸引，這條始終潛伏在台灣文學的一條文脈，重新浮現在佳駿的筆下，讓人驚喜；那是百年大疫，處處都在封閉。佳駿描述的那座新訓中心，好巧從我家門口出發，直直騎機車五分鐘就到了。那年剛好我人在大內，而且也在服役，只是我服的是家庭因素替代役，一整年都關在圖書館，本就低調安靜的圖書館，遇到三級警戒，入館人數更加低迷，而我就在退伍前夕讀著佳駿的新作。

再讀到佳駿的小說，則是在許多文學獎的初審會議，其中一篇〈川上的舞孃〉記得我勾起來了，那年我剛好要編年度小說選，一直在找吳佳駿的作品，不想錯過。這些不同場合遇見的小說，總感覺那像是一個結構更為複雜的長篇。佳駿似乎正在盤整，或者建構一個屬於他的小說範式，那樣的格格不入。佳駿作品一定會入圍，未必能獲獎，可是卻刺到了我的神經。譬如佳駿的第一本書就是兩個中篇，他一登場，就展現對於小說與眾不同的體感。這位新兵新人，心中有事，一定有他非寫不可的理由。

《新兵生活教練》之後，佳駿又以〈爺爺和我說〉拿下終於給出第一個首獎的「葉石濤小說獎」。〈川上的舞孃〉也是得獎作。看似探討時興的翻譯，打動我的是故事中錯縱複雜的人際關係。佳駿正在操偶，他的小說人物總是閃閃藏藏。讓我想到小學生的成績單，有個指標叫做「群育」。而在這社群無處不在的年代，佳駿以小說為中央伍，這世界於他眼前，排成講話隊形。

　　這樣的隊形，來到這本收納八篇小說的新作，書名即是方法，曰之「像螺旋一樣」。那是一種怎樣的技藝？我們不妨從文本佐證，佳駿這裡寫的是一記槍聲：「撕破空氣的速度在山腳校園的頭頂響著，一圈一圈，朦朧又清脆地剝落著。像螺旋一樣，以為是在同個地方不斷轉著，但其實離自己越來越遠。」

　　而回到新作，「像螺旋一樣」的小說編排，作為支撐八篇小說的內在結構，未必來自故事的延續補白，或者人物的前世今生，而更像是一種關係的建立。八篇小說得以綰在一起，也是靠著那樣若有似無的關係。所以我們看到如同新訓中心一般的組織，練習交流，嘗試溝通，適應陌生，這樣的設計，持續瀰漫在這本新作：無論是留日交換生的工作坊、課堂分組報告、論壇、傳統藝能發表會、宿舍交誼廳、登山隊伍、駕訓班，乃至於一起長大的芳鄰。佳駿正寫著它的「論友誼」。佳駿的小說寫出社群世代一百種脆弱的「關係」。

脆弱的關係，像螺旋一樣，往下深拴：「我在工廠裡最喜歡的一個部分，是那些機器旋轉的時候。旋轉得越快，物質會變得愈銳利和堅硬。就算只是紙，軟軟的東西在快速旋轉後，都會變得好像可以切割任何東西。但一直加速，最終物體將會無法抗住強大的離心力，分崩離析。」

這樣的離心力，落在前面三篇以日本尤其是京都為背景的小說，佳駿展現驚人鋪採擒文的敘事魅力，我們幾乎是目瞪口呆的跟著佳駿走讀，這些符號的靈活運用與繁複的修辭技法，甚至是風土民情的知識展演，具現了佳駿的小說底氣與筆力。而〈最後的神木〉、〈川上的舞孃〉與〈木在曾林中〉則在氤氳的水氣與山霧之間延續關係，我以為是這本集子的主力所在，許多情節近乎象徵層次：比如林晴與佳蓉的摸黑尋找水塔；比如對於翻譯的較真，這世界其實無法截然二分，而這樣的覺悟需要用生命來證陳；比如那樣一棵生在人類有足跡與無足跡交界處的華參樹，似乎可以作為小說的代言：「因為它總是單獨生長，所以總是獨自待在陌生的樹裡面。那是一棵沒有辦法理解它旁邊樹的樹。也是一棵沒有別的樹了解它的樹。」

試圖從各種寫作指南解讀這本小說的構造，總有不能滿足之感，談人物的立體塑像，他們各個抱頭竄逃，很怕當主角；從故事主旨替小說的跳躍與斷裂找「全部」，我們也讀到了作者對於數據流量的高度自覺；對我而言，試圖聽聲辨位，找出其中最關鍵的那個說故事的「我」，更是解讀這本小說的樂趣所在。我特別喜歡萬里花這個角色，也對佳駿寫的旗津、恆春念念不忘。提醒我們佳駿的小說還有一整片的海。

於是小說收尾的過港隧道是一個高度迷人的文學意象，那樣一條隧道，怎樣打鑿而出？那樣一條隧道，從幽暗出發，由佳駿帶路，鯨魚作陪，以及散落八篇小說的男一女一，不同人際關係的排列組合，不同的組織、單位，正在通過，通過這一條交錯閃著黃日光與白日光的暗路，這分分合合的世界——突然就像螺旋一樣。

（本文作者為小說家，台南人，台大台文所博士。著有《花甲男孩》、《合境平安》等作品。）

夜永唄

那天經過一保堂時，老師說要下去買個東西。

車內開了暖氣，外頭低冽的溫度使玻璃結成模糊的霧面。用手指稍稍劃開，窗外的遠山被靜白的漫天散絮遮掩，隱隱下沉，濃淡不一。自行車的輪子在濕滑的石板走道驚險地保持平衡，輾過的縫隙裡填滿霜晶，用力一點吸入空氣便感覺全身腔道都在抗議。雪甚是潮冷，行人大衣肩寬上的白色不用兩步就會消失。若是落在紅漲顫抖的臉頰上，便散成牡丹的形狀，好似清美的淚痕。

真珠二十四小時後就要返國了，但她說她還沒開始整理行李。她靠著車窗，用日光照明，手中的筆不斷在格紙上拉著線。一保堂的屋簷積了一重過夜的白，但和她肌膚的透潤相比，卻也顯得單薄。木屋町這裡的櫻花甚是有名，而現在枝頭啞然無息。

《夷門廣牘》裡有記載楊貴妃的玉容法：「金色蜜陀僧一兩，研極細，用蜜調或乳調如薄糊，每夜略炙，帶熱敷面，次早洗之，半月後面如玉鏡生光。」古籍所載之美白偏方多有帶毒，而我也未曾看過真珠使用鉛白或甘汞一類致死之物。她每天從冷藏室拿了黃瓜沾著大醬和泡菜吃，效果形似比這一眾化學之力來得可怕。

「不知道老師去買什麼那麼久。」我幫她打開了車內的頭燈。

把格紙本立了起來。說話的時候看著對方，不一邊行溝通以外的事，這是大家在工作坊裡喜歡的習慣之一。

「是不是玄子餅？去年亥月，老師從一保堂帶回來時，你吃得滿開心的。」

「喔對，我喜歡紅豆沙跟核桃和栗子共生的感覺。」

「共生？哈哈哈。」真珠摀住了嘴巴瑟瑟地笑著。

「這樣用不對嗎？真是對不起。」我說。

「我怎麼會知道呢？我又不是日本人，只是很好玩而已。」她收斂了笑聲：「那時是開爐的季節吧？」

「喔對啊，軟絨絨的季節。」

「軟絨絨。」這幾個字的發音是 mo ko mo ko。我和她重複了幾次這個字。

mo ko mo ko，mo ko mo ko，mo ko mo ko，mo ko mo ko。慢慢地，真珠的 mo ko mo ko 在聲音裡變成了一個我曾聽過她吟唱數次的旋律。

車門被打開，老師一腳跨進駕駛座。

「感謝大冷天還來堂裡！路上還請注意路況！」身著西陣織圖飾短衫的店員送至店門外，清亮的聲音裡完全沒有正月的寒度，讓在車內的我和真珠不由得也點頭致意。

吉川老師關上了車門：「不好意思久等了。」從提袋拿出了白色和紙外裝，上面有著俏皮的紅色字跡。

「大福茶。」老師說：「京都人正月時喝的，路上泡著喝吧！」

◆

對大部分日本人而言，我所在的工作坊就是神宮司老師的工作坊。

常年在電視台的綜藝節目上，神宮司老師一直以中生代設計大師、民藝美學中堅分子身分客串著日常生活的嘉賓。不但年輕時就有留歐經驗，加上明顯混血兒的臉孔，除了每個月固定的拍攝，老師在關西幾所美術大學也都有開課。

神宮司老師的個性十分熱心外向，這也反映在他喜愛穿著自製的茜紅外罩上。《小雅》裡所說的「君子至止，福祿如茨。韎韐有奭，以作六師。」和老師的形象就十分相像。剛到日本時，我也是參加了老師為留學生所開設的特別講席，才有機會進入工作坊的。

開學後沒幾個禮拜，來自各國的留學生便多次受神宮司老師邀請，去他在鴨川旁邊極度奢華的日式古宅家中同歡。老師的父母是七年占領時期從美國返來的日僑，戰勝者的身分和語言的優勢讓他們在一片混亂的日本無往不利，還收購了這間曾經新選組集會地點之一的老宅。

幾次之後，多少有些不愛熱鬧的學生不再出席。於是晚會變成學校裡最活躍最洋派的日本人，和總是嫌京都晚上超無聊的歐美交換生們，在那裡交換著青春的放縱與異質。

他們會在凌晨十二點喝 High 了之後，要不醉倒在祇園對面的鴨川河畔，要不跳上末班的京阪電鐵到大阪夜店繼續狂歡。山茶花開之後，席間日本以外的亞洲臉孔鮮少出現，我也僅和兩人在那裡有過談話。一個是真珠，另一人則是中華人民共和國駐關西的大使。

那次是聖誕節，神宮司老師明顯酒喝得興致高昂，不斷從倉庫拿出他蒐集的各式稀世珍寶。先是奈良春日神社地下室入口左手邊的順風明王像，再是竹內栖鳳的《艸影帖色紙十二個》，件件懾人，似都不是些私人會有的東西。中國大使低聲地用中文問我這些東西是真的嗎？我說我真不知。直到老師拿出一幅有著竹林的字畫，說是懷素的真跡。

「假的。」我和大使說。

「嗯，這個我還看得出來。」大使說：「不知被騙了多少。」

也許是外務過多，真正進入工作坊後，我反而很少有機會遇到神宮司老師。

那些晚會上的常客留學生們，也都被熱情地歡迎進工作坊裡。但假以時日，相較於待在木頭室內一整天安靜地做著雜事，大家更喜歡跟著神宮司老師到處見見世面。畢竟，多數人都是以一年或半年的時間來日本進行交換，在這樣的短暫裡花上任何心思都很飄渺。櫻花紛落，蘇芳、楝花、泡桐、月見草、馬醉木、石楠、虞美人、丁香、花水木連袂開演時，每天還會到工作坊報到的，只剩我和從忠清北道來的真珠了。

共同掛名在工作坊代表取締役的吉川老師，也有在大學開課。甚至，就是在我所交換的大學，只是從來沒有人提過這件事。第三個學期，我才選了老師金曜日的課，關於日式庭院設計的。和神宮司老師需要在電腦前等著第一時間搶的不同，第一堂課時，教室裡只有六個人。

每堂課，老師會先做一點簡短今日主軸介紹，接著開始放一個很老很老的電視節目，遠古時代NHK拍攝的《京都建築巡禮》。

教室在舊校舍最裡邊，靠講台的窗景是右京區的神樂岡八町，過去曾是王國維的居住之地；而與後排位置為伴的則是山坡上巨大樟樹岔出的枝葉，蓬發的綠葉讓天空使了勁也闖不入課堂的緩沰。

整個學期清如漣漪，老電視節目特有的螢幕白色秒數動得十分冷輕，窗外簌簌落個不停的針葉往往比喇叭傳出的聲音還要立體。內容大約是在介紹京都區域幾個重要的枯山水庭園設計：龍安寺、天龍寺、大德寺……都是一些搭公車可以到的地方。我到了期中才明白吉川老師被安排在這間教室的原因。老師放的是錄影帶，在圖書館的那台移到校史室後，這間全面把遮光百葉窗換成聲控開關的學校，應該只剩這裡還保有可以播放的設備。

在課堂上，老師不會和我們閒聊。即使在每次放映結束後大約半小時的討論時間，大家都沒特別感想，他還是會在講台上講著一個又一個其實已經超出在座所有外國人日文能力的課程相關。沉默一直到下課鐘響，老師才會從底下抽出他的公事包，並說謝謝大家今天的到課，祝大家有個愉快的週末。

老師並不會急著離開，但他整理東西氣場總會讓人感覺，如果要跟他聊天應該也得先用學校電子信箱寫信給他——「吉川老師，貴安。次週下課後欲和您閒聊工作坊附近可愛的狗狗，再麻煩您確認。謝謝老師。」可能像這樣之類的東西吧，我沒寫信給他過就是了。

學期末，最後一堂課是所有人上台報告，也是我印象氣氛唯一比較放鬆的一次。我的內容和茶道之始的千利休有關，利用母語的優勢加入一些圖書館找到的資料和老子與道家的比對。報告結束後，老師和我說，以前去中國訪問時被中國的學者拿假的《抱朴子》內容騙，放到自己論文裡結果在國際研討會發表時大出糗。

「你引的看起來比較像真的。」他露出牙齒笑著和我說。

本來在名單上，學期末應該有兩位同學需要報告。但另外一人，一個法國人，不知是忘了退選還是怎麼了，最後還是沒出席最後一堂課。我一個人報告完的隔天來到工作坊，老師在我桌上留了一包茶葉和一張紙條。

「這是在日本級數很高的土佐茶，味道和香味都很特別，只是我一直覺得喝起來很像河濱的雜草。大部分人都同意這種茶是和印度、中國茶完全不同的系統，是日本限定的品茗體驗，這我也同意，但還是希望它可以好喝一點。記得泡的時候溫度不要太高。」

◆

夏日假期開始時，許多人都留在工作坊裡幫忙，大約到八月中旬的盂蘭盆節才回家。

經過一個春天的回暖，千百種植物努力地在春雨和梅雨裡開滿了花。六月初開始，依序從紅花發酵製成紅花餅；六月中旬，柿子疏果後，會製成柿漆備用或是直接進行柿染；椏柏、紫薇的葉片，跟著七夕的竹子一起被掛起來晾著等待製程。

常有人說，京都的夏季是由祇園祭開始，至五山送火而終。但若以燠熱來斷別，六月中旬真珠便已忍受不住，穿著短褲涼鞋來工作坊了。相信她自己也知道，這樣打扮在特別幾位老師傅眼中甚是不好，但她便一副老娘就是個交換外國人這個冬天就要走的氣勢，在板桌前架了三台攜帶式電扇開工。

相關的製靛不是由工作坊處理，大多是在原產地進行加工，再將靛泥送到這裡。但工作坊這邊還是會跟著四時節氣推出相關的產品或作品，以夏天為例，在小滿那天，由吉川老師象徵性的割下一叢蓼藍後，也代表著藍染的季節開始。

在初夏夜時，工作坊外多了一隻白黑相間的老貓。聽前輩說，每年只有夏蟲追火之時才會看到牠的身影。也不知是單純躲避原居處的酷熱，還是貪戀工作坊外椴樹叢出的蜜色花苞。一路從繡球到龍膽，月亮每夜從婆娑的花影中升起，淌沅的香味摩蹭著工作坊的桐木，彷彿溫度計上變幻的不是氣溫，而是醉人的趴數。夏日的慵懶換來的不是悠閒，對應對熱暑的選擇性遲鈍，收束的內心浮起各式潛於深處的幻影。徒然草第十九段所說的：「嫩葉在樹梢的涼爽中茁壯，與世之間關係的渴望和對人感情奔波的孤獨也就越發強烈。」便是指這樣的季節。

那天早上，我在真珠的房間醒來。

前一天傍晚五點鐘左右，我一個人到出柳町附近的居酒屋吃飯。天氣太熱，想輕輕地喝一點啤酒，配上沾著薄薄一層鹽和胡椒的烤雞肉串。因為是在京大附近的連鎖店，大約六點不到學生就讓座位半滿了。裡頭的冷氣開得好強，我吃著可以無限吃到飽的高麗菜配桔子醋，遲遲不想起身結帳再回到燥熱的室外。

一直到七點半，明顯客滿，聚餐的體育社團已經喝開，肩並著肩唱著阪神虎的應援曲時，我才拿起明細，朝滿是油漬的條紋玻璃大門走去。

真珠就坐在櫃台旁的二人席上。我看到她，她也看到我。
「我在等人。」她說，桌上擺了四盤已經完食的盤子和三大杯的三得利，店員還沒收。
「喔，好。」我轉頭回去等我的領收書。
真珠是沒有朋友的。
她不是這期留學生裡唯一的韓國人，另外還有兩個首爾的男生跟一個釜山的女生。三個人總是和歐美人玩在一起，去琵琶湖跳水、去飛驒野營。真珠沒在跟他們來往。我問過那兩個韓國歐巴為什麼沒看過真珠和他們講話，他們說，那個女生很沒禮貌。
「不是真的沒禮貌啦，是如果在韓國的話她不應該這樣跟男生講話。但她不是壞人的。」釜山女生偷偷傳了私訊跟我解釋過，歐巴說真珠很沒禮貌時，她在旁邊會突然變得異常沉默。
在工作坊裡，真珠明顯有在試著跟作為前輩的日本人說話，但不知道是不是她那一頭金髮的緣故，開話題的總是她，講最後一句話的也是她。
我想起她那每次看著別人轉身卻還有話想講的神情，突然想捉弄一下。從店員妹妹接過找錢後，我又把頭探回去：「騙人的吧？」說完連我自己都覺得怎麼那麼無聊，笑了一下就走出店門：「明天見喔。」

八點的京都充滿著水聲，天才暗不久，往南邊的熱鬧望去，三条大橋上滿滿的遊客。擺上納涼床的星巴克是整個視角裡最接近的光源，中間黑漆漆的是京都御所，入夜後櫻木的晃動裡點點風鈴聲有著市松紋的質感。從賀茂大橋的階梯往下走，是著名的鴨川跳石。在黑暗中石頭的輪廓不甚明顯，但熱愛此地早就來回走了上百遍的我並沒有差別，鞋襪都沒脫就走上河流中的石面。

三角洲的下鴨神社今天似乎舉行著祭典，好多穿著浴衣的人從地鐵站走出來，往糺之森的內部走去。燈籠、小黃瓜、涼扇，裡頭一定有著撈金魚的流動攤販。古木參天，人潮湧動，萬物的靈動在這個晚上似乎無法止息。

就在這時，我被推下水。

真珠的黑色 Converse 鞋在我眼前的石面上。她的手中還拿著錢包，用食指夾著領收書。

「對，我騙人，我就一個人。」

她幫我從水裡爬出來。沁骨的湍急被我劃開，旁邊傳來嬉鬧的水花聲。

「現在，你要陪我喝酒。」

其實也忘了後來還有沒有喝酒。

真珠的房間放了一張那種很便宜在 IKEA 買的組合桌，白色的。陽光在上面切出俐落的三角形陰影。縱向開闔的西式窗戶下放著一盆五加科的植物，盆栽是梨花白，床具則是有縞感的無印白。我醒來時沒看到她的蹤影，於是躡手躡腳地往外面走去。

她住在一個什麼什麼莊的地方，是那種在日劇裡會出現的木造建物，真不知道她一個留學生怎麼找到這種地方可以租。從二樓往一樓走去，怪聲不停的樓梯，腳步除了要放得很輕，還要確保自己不是踩在木頭的敏感部位。玄關往外看去，可以發覺幛子後有很寬闊的簷廊，上面的欄間連著區隔空間的鴨居。屋架的木頭上還有以黑色金屬鑲嵌的四角。

真珠在一個像是公共廚房的地方，打開冰箱翻找東西。水槽裡滿滿沒有洗的鍋碗餐具堆積。我打開水龍頭，正想說到人家家裡幫點忙時，她出聲制止了我。

「那不是我們弄的，你幫他們洗，以後我室友就會更理所當然的都不洗碗。」她眼神堅定地逼我放下碗筷後才離開：「早餐快好了。」

雖然有點害怕會不會遇到她的室友得要打招呼，我還是乖乖找到看起來像餐桌的地方坐下。桌面上的東西很雜亂，電信繳費單、Switch、大家的日本語初級 2……。我發現有一隻貓也在這個空間，牠在保養不錯的小舞壁前面看著我。

早餐是布里歐麵包從中間切了一刀擠入淡淡果香的鮮奶油、放薑黃的飲品、塗上奶油和鹽味焦糖的吐司跟百香果和泡菜。

◆

工作坊的大家在桂川旁的石礫地上烤肉，據說這是京都人不做的話，夏天就沒辦法結束的活動之一。從下午一路烤到晚上，日本人開著車子把全家都帶來，還是學生的便帶上同校的朋友前來同歡，連吉川老師也帶著師母和拿著長長捕蟲網的弟弟出席。真珠帶了一罐道地的韓式辣醬，那些平常說可以吃辣的人沒幾個有辦法在淺嘗後保持泰然。

作為在場唯二的外國人，日本人們不論認識或不認識，在附近時都會禮貌地和我們搭理幾句。我的部分，珍珠奶茶、珍珠奶茶和鼎泰豐，大約就是在類似的幾個話題裡打轉。真珠那邊就豐富多了，BTS、TWICE、孔劉、宋仲基、金所炫……不管男生女生都能和她談上一兩句韓文，逗得她大笑不止。

吉川老師拿了幾支線香花火過來。京都市內有大量古蹟，建築法規保存了大多的木造老房，也限制了包括煙火施放的火事。老師糾正了我把它當仙女棒用的衝動，食指和中指拈著底部，倒過來看著火花慢慢向上靠近捻緊的掌心。幾個夥伴從橋上一躍而下玩著深水炸彈，看到我們在點火，也游了上岸。拿了幾根圍在一起蹲下來，小心翼翼緊靠守護著那細瑣纖細的光亮。

「線香花火就是人的一生。」老師和我們介紹。

火花剛沾至和紙時是春日牡丹的圓潤，燃燒出聲音時叉開的劈叉劈叉是初夏分枝的松葉，劇烈噴灑後緩緩收攏的是仲夏的柳垂，而最後莍絲的盡頭是秋天散落的菊花花瓣。

「日本人的夏天就是這種感覺啊，很短暫的。」吉川老師和我們說。

我看著真珠的臉在微光之下，和其他日本前輩的模樣。那好像是種，我和真珠真的和他們是不一樣的展示。

一種夏天，內斂，不帶遺憾的消逝，也不饞寂寞。

真珠和我在夏日的後半走得比之前近上許多，但也不是近到有什麼事好認真的程度。我們抓空去了一次那天那個下鴨神社的祭典，玩了水占卜，那籤詩太難，我和她都解不出來；我們也在綾部看了花火，聲音很遠，光很亮。當最後的八重芯錦冠菊把夜空所有黑暗都填滿時，我們像是忘了呼吸一樣地感動。

不知道為什麼，在萬物歸於真切的那縷寂寥裡，我覺得她和我有著同一種感覺。

肉烤完後，大家沿著桂川沿岸的運動公園一路往北。

真珠指著路上珍貴文化遺產牌子上的介紹，問我其中一個字「俯き加減」在中文會如何解釋。稍微低著頭的樣子，印象有書直接寫俯仰之間，我想了想。

「就是很短的時間吧。」我說：「韓文呢？」

「這是其中一個我一直搞不懂的字。」

「為什麼？」

水聲幽亮，大花梔子和芙蓉正做著交接。白鷺、蒼鷹從嵐山的上頭找到一股風，便朝著河面滑翔而下。

「你把它拆開，不是會變成，『鬱』、『向き』和『加減』三個部分嗎？」

「是啊！」我說。

「我一開始，是將它理解成，多少面對著自己的憂鬱。」

「真的？我沒想過是這樣解的。」

「應該不是，但我太好奇了去問了吉川老師。」

「他怎麼說？」

真珠把手搗在心口，步距零碎，鞋底揚起沙塵。額頭先緩緩向上，幾步後，又低下看著地面：「這樣，老師那時就這樣示範給我看。」

走至渡月橋的南岸，這個晚上有盂蘭盆節的放水燈，亦是五山送火之日。

時間一到，跳動的火光在人群的驚嘆中旋轉著。距離甚遠，火光的顏色微弱得像是不小心滴落瓷盤的醬汁。但僅僅把手機拿起對焦的時間，炎焰便燃燒至觀光照片裡的模樣。

「我第一次到日本時，從關西機場出來，搭上Haruka一路就到了京都。訂的飯店在嵐山，晚上入住時只有聽到水聲，什麼都看不到。但隔天早上一醒來，走出戶外面對旅遊書裡只有小小一格照片的風景時，我嚇到了。」真珠和我坐在隔壁，草地上的露珠和在人群中的我們一同享受這時的靜鬱與謐皇。

「我那時很震驚，好吧，可能不是震驚。那天我們還去了金閣寺，就是那種第一次來京都的觀光客路線，去完金閣寺，在小巷弄迷路了一下，從北野天滿宮的後門進去。我那時就覺得，好漂亮。真的好漂亮，這整個地方。不管怎樣，我以後一定要來這裡工作。我要住在這裡。」

安靜之中，幾萬盞燈籠像是無數的飛龍在黑暗的桂川水面上飛過。松屑香味在空氣中久久不散，吉川老師和師母在旁邊默默地合起雙手祝禱，盂蘭盆便是日本的中元。

「京都人不是很喜歡說，啊哪個哪個世界遺產我都沒去過呢。表現她們生活在這樣的城市多年，那些風景從小到大看也膩死了。」

日文程度遠超過我的她，在幾個月之前早已獲得吉川老師的答應，在韓國畢業後可以再回來工作坊就職。雖然心裡有底，但和家裡告知時，父母還是毫無妥協地否決了這個可能。回家，交換的期限一到，立刻回來。

「結果我住在京都要一年了，我還是好喜歡搭著公車去這些景點。我真的覺得我看不厭京都的種種，不管再怎麼膚淺，觀光客再怎麼多的地方都是。」

和真珠對比，曾經來日本找她玩的哥哥，從明年開始要在美國定居了。在亞歷桑納讀了個商學碩士，只花了一年，極有效率，和這個拖了幾年還沒辦法從藝術專科畢業的妹妹不同。家裡兩老沒人照顧，她知道至少這次沒辦法耍任何脾氣，於是寫信告知了吉川老師。

「漂亮嗎？你覺得。」

好像在信中閃躲了拒絕的理由，吉川老師在一次工作坊只剩我和他時問了我知不知道真珠出了什麼問題。我那時挺驚訝的，因為直到那個時候，在大家面前我和她都像是個私下沒交流的台灣人和韓國人。我們錯開進工作坊的時間還有離開的，在裡頭也不會交談。不是在意別人對我們的看法，單純只是覺得這個場合，兩個人一起也不會多什麼樂趣。但吉川老師卻以一種你是她最親近的人，我知道你知道的語氣來問。

我忘了我回答了什麼，但不是不知道。那是一個不知道最像謊言的瞬間。

久久不熄的橘紅包圍了惘然，不知不覺間又是一個歲時的更迭。

在活動結束人潮散去後，我們兩人坐在只有星月的桂川河畔。她唱了一首歌。

起初只是淺淺地低聲念著幾個字，那頻率不快，十分纏人。音調都類似，聲音愈來愈小，但詞語的意義卻更加深入，往幽暗不見底的地方垂釣而去。宛若在水平的木架上放置兩捲蠶絲線，任由它們不斷地鬆開，順著地心引力和時間，朝著這個世界那沒有人保證過的底部而去。

開始有音調的時候，她好溫柔。我不知道她唱著什麼，但她每一節樂句，都像是我從不認識的她。在某個覺得疲累的時候，把自己所有的防禦都給卸下，看著風和自己氧化。回應的停頓和未知的害怕，在更加接觸黑暗之時都能有所成立的可能。

她吸了一口氣。

我知道，在層層的黑暗底下，那裡有著火。把所有心靈努力突破而來的蠶絲線，焦化、彎曲，有著赤紅的底蘊。會記得意識到達此處的模樣嗎？我不知道。

「你會記得現在的我嗎？」

她跟我說，這首歌叫作〈夜永唄〉。

眼神裡好像還有著花火。

◆

茜草根在中秋節前後採收，灰汁媒染。差不多就是那個時候，工作坊的全部人，只來一次的要來不來的，都一起去到神宮司老師在長野北部的娘家。

據老師所說，這是行之有年的傳統，一開始只是在秋收農忙之際，神宮司老師請一些最初的工作夥伴回娘家採收。山區的日夜溫差大，除了主力櫛瓜外，各式蔬果在那裡都可生長得不錯。只是後來，大家還是打著回去下田幫忙的名義，但更像是員工旅遊一般去鄉下打擾老人家一番。特別是最近幾年，在外國生加入以後，基本已經是給一些沒見過農田的歐美人農家樂體驗營了。

「不過楓葉每年都很漂亮就是了。」在車上吉川老師跟我和真珠說。

神宮司老師的娘家十分寬闊，就算來了平常連工作坊都不一定塞得下全員，房間還是夠按男女國籍分得恰恰好。我和兩個歐巴被分在一房，不是日本的亞洲男生組。除了房屋，農地也大得嚇人。從橫越村子的唯一車道，一路到山腳之下都是他們家的。由任何一端往另一邊看過去，都遠到無法辨識站在另一個邊際的對方面孔。

來的時間似乎太早，山林的顏色已不復綠蔭生機，但離樹葉變紅還有段距離，荒芜宛若夏的臨終。山村的靜謐別有趣意，不同於京都極致內斂的寂靜，這裡的流動更像是無聲。耳朵所能辨識的，幾乎都太過於自然而無法被稱作聲音。在這樣反應緩緩擱淺在思考的世界，我們往著車道的方向，從山林側開始收割。陽光在白日用類似的路徑拂過工作時的肩頸，到了黑夜我們才回到室內。神宮司老師帶著歐美人在餐廳裡喝酒，裡頭的電子音樂有時會傳到已經累倒在榻榻米上的被窩。

我們預計在此地待上一週，等到月亮不是圓形，便會返回工作坊的生活。老人家們端出各式只在電視節目上看過的鄉土料理，一盆一盆，從念得出日文的到完全不知道是肉是菜的。各個不知道和神宮司老師有沒有親戚關係的老人在大家周圍，可能因為這幾年接觸慣了歐美人的熱情，居然會帶著微笑主動和大家攀談，好不似日本人。知道我家是那個有鄧麗君的地方後，紛紛感謝起在幾年前大地震時伸出的援手。

全部的作物趕在我們離開前的一天採收完畢。看著隔壁阿伯開著重機具過來，頓時感到無比荒謬，但內心著實有著難得的成就感。只是回頭一看，山頭仍是沒有一點紅色。

幾天下來本來就被招待得十分豐盛了，但最後一餐仍是太過誇張。和室的正中央立了人家營業在用的大蒸箱，長方形，超過四公尺長，不到兩公尺寬。面積大到可以劃分出蔬菜、菇類、肉類跟海鮮四個區域。所有人拿著碗筷在四周圍繞，直接從裡面夾取想吃的東西。雖然旁邊有附調味料，但光是農家等級蔬菜帶出來的清甜，就讓所有人驚訝不已。咬下一個叫作萬願寺甜辣椒的東西，被它的好吃驚訝到讓我想告訴真珠，卻發現她不在室內。

在吃到一個段落後，我離開屋子想找真珠。不在庭院，我走上斜斜的車道，盡頭是出這個山村唯一的道路，一條橫跨溪流的小橋。上面有個人影，披著一件感覺是鮮豔色彩的外罩。

神宮司老師正站在那裡看著河水，手裡拿著杯子，看動作他才剛喝完裡頭的東西。我本來以為是啤酒，但走近才發現是個茶杯。我上去和他打招呼，他看來有些驚喜，開心地問我要不要喝茶，我才注意到他把整套茶具都帶了出來，坐在月影稀疏的橋墩上品茗。

我恭敬地接過茶杯，那香味很奇特，有花果茶的氛圍，又好像有種酸粗酸粗的感覺。我不知道為什麼是這兩個字，但就覺得是酸粗。

「小心燙。這茶很特別對不對？」

那熟悉的味道一入口，我就馬上知道答案了。自己泡的時候從來沒有泡成這麼香過，所以本來還很疑惑。

「土佐茶？」

「咦咦你知道，真是太厲害了。」老師喝了一口：「我真的太驚訝了，這茶我很喜歡，但接受度真的很低，特別是日本以外的人對這樣味道更是不熟悉。」他又喝了一口：「真的厲害。」他舉杯對我，我連忙有樣學樣的也對他舉杯。

遠處好似有個添水，那是種用竹節做成的裝置。長端在下，短邊朝上，水從上方流下積於短節，等筒部因滿載的重量如翹翹板往下掉落，其中的水傾倒而出，再歸位循環。叩響底下的石頭，清脆。久居此地的動物早已習慣黑暗中落下的聲音，大多不被驚擾。鳥群在月亮掛上山頭時振翅而過，澗谷的盈潤比深藍色還飽滿。山村的夜晚好像什麼顏色都有，明明就是個沒有明度的世界，但每個輪廓卻又清晰輕盈。

「我本來以為可以看到楓葉的。」我說。

「楓葉？可以啦，農事做完了，山頭自然就紅了。」老師很開心地回答我：「雖然我不太常在工作坊，但我知道你和真珠同學一直都有去那裡幫忙。」

「謝謝老師。」我說：「我很喜歡日本。」

老師笑得很開心：「吉川說他抓不準你的想法。」

「這樣啊？」我有點訝異：「我很喜歡老師。」

「他說他很想把你們兩個都留在工作坊。後來真珠自己來問，卻又反悔了。他說他不知道發生什麼事，想說問你，但你好像回答的跟不懂日語似的。」老師幫自己跟我又都倒滿了茶：「這讓他在想你是不是從來沒有打算以後要在日本工作，但他又覺得從表現上來看不像。」他舉杯，我也跟上。

「你想待在這裡嗎？」老師問。

我沉默了一陣子，把頭稍稍抬起，手心按壓著胸口，再將視線朝下對準腳尖。

「我不知道。」

老師按了一個開關，是個攜帶式的熱水壺。沸騰的聲音和橋下的水聲混在一起，不論什麼溫度，水都在翻騰著。

「真抱歉你在日本的這陣子我沒怎麼出現在工作坊，但跟著吉川也能學到很多東西。」

「我很喜歡兩位老師，只是，」我停頓了一下：「總覺得兩位老師的個性相差好多。」

神宮司老師大笑。

「我們在年輕時雖然想做的事情不同，但看到了很類似的東西。」老師說：「我們有很多共通點，除了專業的部分，還有許多喜好。像吉川他也很愛喝茶，他家裡有幾塊上萬的茶磚一直捨不得喝。」

竹做的添水又斟滿了清水，聲答山阜。

老師的笑容持續，卻在裡頭嘆了一口氣：「真希望你們有機會看到三、四十年前的日本，那時的我們還保留著很多真的很特別的東西，但現在，真的都被外面的東西沖洗乾淨了。」

「不會的老師，我來這裡還是有感受到很多很特別的東西，我覺得是日本才有的。」

老師笑著搖搖頭，沒有繼續說下去。

那個晚上，我夢見了年輕的神宮司老師和吉川老師，兩人有說有笑地幫楓葉漆上茜草的染料。我走上前想幫忙時發現，整片森林已然陷入大火。旁邊的眾人使勁地把我們拉上逃離山間的巴士，風景快速地在車窗外倒退。山頭連綿，淺緋、今樣、深緋、燕脂、蘇紅、紅鳶、唐茶、錳腮、鶴頂、妒嬌，黑煙壓境，分不清是葉紅還是熾焰。因燃燒不斷舞動的世界裡，似乎看得到其中有個渺小的身影。真珠佇於風勢強勁的山頂，在光和呼喊聲中，像是滴到清水裡的染料暈開。

◆

昨日才降過寂靜的大雪，闇啞的低溫裡，這個在賞楓和賞櫻時的熱點顯得十分清淨。

從停車場到山門之間要走上一小段不短的階梯，界隈兩邊被冬季的枯樹巨大地包圍住，不難想像夏日鬱綠成片時是何種程度的療癒。我們那日離開寺院時天色已漸暗，枝頭被月亮柔和的光芒侵犯時驚擾了上面的烏鴉，振翅飛起，白靄的山景裡迴盪著牠們的叫聲。道路旁邊的黑暗彷彿也因此興奮地流動，在真珠要踏下最後一階時，一隻小鹿從林子衝了出來，把我們都嚇了一跳。

最後一次看到吉川老師，是真珠、老師和我三人一同前往常照皇寺的記憶。隔天真珠就要返國了，但她說她還沒開始整理行李。

「好冷。」真珠說。

「對啊，不過妳回家應該會更冷吧！」我學她把雙手舉起來搓熱。

她聳肩。

老師在和住持談話，我和真珠並肩坐在大殿前。沒有預告的，遠望之處重雲騰轉，天空降下綿密不止的大雪。本在三人登階而上後略微露出石階原本的黑色，也在剎時之間陷入多重的群白之中。雪花遮擋了所有山形，視線裡常夜燈的形狀，也漸漸和白銀包裹的杉木混淆。我和她彼此又靠近了一些。

「我媽教過我，覺得冷的時候，閉上眼睛。」我說。

「你要偷親我嗎？」
「閉上眼睛，然後想像有一條線在妳的血液裡。」
她乖乖照著我說的做。
「線跑過妳的腦袋，妳的肩膀，妳的肚子，現在，跑到妳的手掌裡。試著握住它，感覺那條線的感覺。」
她握緊雙拳。
我們的額頭輕輕靠著，不知道誰會先睜開雙眼。
住持和老師從殿裡走了出來。
「唉呀，好大的雪啊！」住持說：「諸位待一會兒再走吧？」
「是，待會兒。雪太大了。」老師說：「不好意思，再叨擾了。」
「山裡的雪感覺跟城市不一樣，特別漂亮。」真珠轉頭和住持說道。
「雪到哪裡都是雪啊，就和這山不管何時都是這山。」住持微笑地回應：「不一樣的是施主您啊！」
雪落下的聲音有個獨特的旋律。澄淨空明，卻又熾熱暗流。不知道什麼時候，那個溫度接觸到我們琉璃般的內心。觸碰到的一瞬間，久藏於記憶的水氣便迅速凝結，在表面形成花碎般的結晶。

「唉呀，你這人怎麼這樣，把我學生給弄哭了。」吉川老師搖著頭對住持說。

白皚的山頭與河谷間，隱若於形的歌聲在道和林的縫隙散步著。好似溪底淡湛反射而出的光，長夜同如白晝，日麗和月皎都躲身於暮晨深處的空檔。季節的結束意寓開始，抬頭看向陰靄的天空，沒有風，雪靜靜地，靜靜地，靜靜地。

《徒然草》：「風も吹きあへずうつろふ人の心の花に」

無本生意

裝潢的氣味還沒從研究室離開，熱茶擺在桌上，水面的溫度和宛若游絲的白煙消散在空氣中。看著坐在一張桌子對面的花子同學，她的雙腳不能安分地穩穩踏平在地面上，我心裡突然想到了一件事情。

那是在我還沒成為教授前，一直藏在我心裡的一件事情。確切的年紀我不太記得，但應該是快三十歲，甚至是三十歲出頭的事情。會特別強調年齡，是因為我的父親在我三十二歲那年去世，而那次記憶，是我對他最後鮮明的印象。在成年後，我回家的機會非常少，其中二十出頭那幾年人又在國外，連正月也無法回家，對家裡兩個老人的想像遂變得十分模糊。

可以說，在我成年之前，父親是作為父親的存在，我也同樣以這樣一個身分去思考和理解他。當然母親也是，不過她至今仍然健在，我多了幾十年的人生可以去理解她除了母親的身分，身為一個人類是什麼樣的人。而父親的話，至今我仍無法從他身上想起太多除了沉默和自信以外的事情。

那是年末，我們全家人決定去岩手拜訪一個親戚。在前往京都車站搭車前，我們先是搭阪急到了烏丸那附近，準備買以荻餅聞名的今西軒當作伴手禮帶過去。今西軒是有名的老鋪，只有做荻餅，紅豆泥的、紅豆顆粒的，還有黃豆粉三種。因為都是當天現做，賞味期限僅有一天，所以得一直拖到那天才去買。至於口味呢，有些人會說今西軒的荻餅特別綿密，但我每次吃都有同一種想法，就是，知道今西軒是名店，知道這種老鋪的味道很好，但吃下去時，又會驚訝這個比自己期待的還美味。

我、姊姊、母親和父親排在隊伍之中。店鋪早上九點半營業，也因為不會限購一個人只能買幾盒，荻餅在十點左右十一點前便會售完。想要買的話，就得在人家還沒營業的八點左右到店門前排隊，等上半小到一個小時左右。隊伍會沿著店門向路口過去，中西軒就在轉角，所以排隊的順序會在街角彎一個九十度，沿著它店鋪的門面繼續到巷子的深處。那天我們家的四人就是排在那個轉角過後的第一根電線桿附近，同在隊伍裡的，有很明顯就是京都人的歐巴桑，附近和式飯店要來買作高級套餐裡點心的工作人員，還有像我們這樣的觀光客或外地人。前兩者一次都會採購十分大量，十盒二十盒那種。

因為在街角之後，所以我們是看不到那個九十度過去店門的樣子。在不知道它開了沒的情況，也只能用手錶確認。但父親顯然很沉不住氣，他不斷地走出隊伍，把頭探出巷口，再回到我們身邊，嘆氣。

他不是不知道開店的時間，但還是忍不住不斷地脫離我們，到隊伍的前頭。不知道是不是四十分鐘的等待對他真的太過漫長，他最終乾脆直接站去前面沒有回來。

隊伍開始慢慢前進，我、姊姊和母親跟著大家轉過街角時，才又看到他的身影。他在隊伍最前頭的更前面，在正與中西軒店員說要幾個黃豆粉口味的阿嬤旁邊。在他旁邊的，還有幾個老年的男性，大約和他同個狀況，都不想排在隊伍裡等待所以來到了最前頭。裝扮也很類似，長長的牛仔褲，塞在褲頭的襯衫。

店員和阿嬤確認了數量，走到室內拿了新的一箱黃豆粉荻餅出來分裝。而阿嬤從錢包中拿出鈔票放入錢盤的同時，也在櫃台旁一整疊的店紙上拿出對應盒數的張數。在店員將手中用塑膠盒分裝好的荻餅交給阿嬤時，桌上還有一大把橡皮筋裡，阿嬤一手去拿，另一手把店紙以菱形綁上塑膠盒。店紙是淺淺的鶸色，印著中西軒的歷史，還有賞味的方法與期限等等。經過阿嬤這熟練的一連串操作，在她完成交易時，荻餅們也已經以一個隨時能送人的自信面貌躺在她的袋子了。

隊伍最前方的好像都是熟客，大家各自用不同的方式把店紙綁上去，不過最終都變成了那種菱形的樣子。在我們三人還有兩組就輪到時，父親走了回來。

「等一下，要拿那個紙。」父親指著櫃台上那疊紙：「然後那邊有橡皮筋，可以把它綁在塑膠盒上。」他指著那整把的橡皮筋。

「好，好。」母親說。

父親說完，點了一下頭，又走出隊伍。這次他走到巷口，看了一下轉角後排隊的隊伍。一輛車子駛過來，他沒注意到。

「爸，車子。」姊姊對著父親說。

他轉頭發現了車子，退到巷子邊讓車子過去。好像是感覺到站在巷子中央的不妥，他又回去了那個隊伍最前面的老年男子群裡，和他們一起叉著腰。

「你爸爸從以前就是這樣呢！」母親對著姊姊說。

「沒在管周圍啊！」姊姊說。

「還有啊，那種任何事都要靠他才能完成的掌控欲。」

「真的，笑死，當我們都沒眼睛，沒看到前面人怎麼做喔？」

姊姊和母親講這些話時，當然父親沒有聽到，不過這兩人也是以一種非常輕快的節奏在說著，並不是埋怨父親的意思。

「不過啊，我覺得這老頭厲害的就是這裡。他的工作也是這樣，只會拜訪誰誰誰，然後成天喝酒，真的要說工作上有做了什麼，好像都跟他無關。不過這樣，也是做一輩子，還把這個家撐起來。說到底，這真的是一種才能。」母親說。

「對啊，那個世界，不懂啊！」姊姊說。

最終，我們三人買了荻餅，叫上在前面發呆的父親，一起去搭公車前往車站。自始至終，父親都沒打算，好像也不覺得，這個排隊買荻餅的行程跟他有什麼關係。

我的父親是個公務員，是區役所計畫調整課的課長，我們家基本是靠他一個人的薪水在那個年代生活下來的。所以當母親這樣講時，我其實心裡也十分訝異。驚訝父親的薪水不低以外，也發覺母親所講是真的。父親在家族裡雖然有點知識分子的味道，但在和親戚聊天時總插不上話。他不喜歡談誰家的小孩運動大賽的成績怎樣，不愛聊桌上的飯菜。當老家有次聚會剛好車子壞掉需要修理時，明明是成年男子的他，卻好像不關他的事一般，在所有叔叔忙著研究和討論時坐在一旁發呆。因為他完全不懂車子。他喜歡談日本，喜歡談國際，喜歡自己說給全部人聽一整個晚上。我從前一直知道父親是有這樣子一面的，但那一面，總是被我視為父親的缺點。那是父親任性又其實沒本事的一面，沒想到原來，那原來是優點嗎？

想想父親的確是個自信的人。幾年後，家裡收到了一張土地徵收的公文。我那時沒什麼參與到，但聽姊姊說，父親不想搬家，也不想接受那個金額的補助金，於是拿著公文去到區役所吵架。但人家沒有接受這個老長官的意見，只是告知父親要記得照上頭的日期和手續搬家。這件事情讓他打擊十分巨大，自己不能左右自己的屋子。過了不久，父親便成了一個頹沮的狀態，居然在幾個月後身體一個不行幾天內便去世了。那時我們家甚至都還沒搬離那個後來被徵收，變成通往關西機場鐵軌的家。

「打擊太大嗎？」我回家奔喪時忍不住偷偷問了姊姊。

「想太多吧！」姊姊聳聳肩，沒有正面回答我的問題。

為什麼眼前對面的折疊鐵椅上，坐著花子同學的當下，我會想到這些呢？

齊瀏海短，好像很溫暖的橙色頭髮。有戴了隱眼，但眼睛沒有太誇張的巨大，應該只是不喜歡鏡框。上身穿著附近拉麵店的黑色 T 恤，中午才剛打工完吧花子同學。下半身穿了一件亮藍色的長褲，完全是我們學校學生會有的穿搭。

她說了什麼？

「遭到神宮司老師的……性侵？」

不會吧？

話說，不要這樣看著我啊。我該說些什麼？而且，為什麼是和我說？

「這……不是……妳的問題吧……」

有夠爛的回答。我在說什麼？

◆

神宮司是美國人。出生於昭和二十一年的他，爸爸沒少殺過日本人。我見過神宮司的父母幾次，去過幾次加州，次次都去拜訪了他那在聖塔芭芭拉的大房子老家，是對恩愛的老夫妻。他的爸爸在戰後派駐到東京灣時把他帶了過來，也讓一副洋面孔的他在那時混亂的東京長大。

神宮司對日本美術的啟蒙是爸爸帶他看的一場展覽，這點他後來在電視節目上說了很多次。

那場展覽一般民眾還不能進去，主要是專門辦給那時駐日美軍，作為週末茶會裡的餘興節目用。在那場展覽，竹內栖鳳的《南楼晴霽》，年幼的神宮司站在畫作前面。畫作裡頭，比之濃淡不確定的遠山，白壁黑簷的城樓站在地平線種埋之處，揉開的藍色和刷片代表荒地上植被的綠色。

「起風了。」

藝術大學研究生的年輕神宮司，露出毛茸茸的胸膛，穿得像《男人真命苦》的寅先生，在吵鬧惡臭的下町酒場裡，他這樣形容那幅畫帶給他的感動給我聽。我雖然小他九歲，但在代管結束，他也是跟著美軍離開日本，輾轉發生很多事情才又回到日本來讀書。我們是同個專業的學生，在我入學那年才在奈良成立的古美術專業。一開始他也不是直接到我們學校的，他先去讀了一年東大，很快就受不了那裡的環境。什麼都沒學，就搞大了一個女同學的肚子後，落跑來我們學校。也的確，作為一張染了個奇怪顏色頭的外國人臉孔（他說那叫練色），在那個激動的校園剛剛消失的年代，或許只有頭上不是蝴蝶結就是爆炸頭的藝大才能接受他。

我一直對他的啟蒙是竹內栖鳳的《南楼晴霽》這件事感覺到一種，啊，果然征服者的眼光啊的想法。我長大的記憶離戰後已有一定距離，但父親偶爾會說起，在美軍代管的年代，他們會在黑市出高價搶美軍吃剩的飯菜。都是些令我很難想像，一個統治與被統治的世界。而竹內栖鳳，雖然我也十分喜愛，但自貴族一般京都畫派的出身，那樣追求極致美與純的作風，相對於始終在野的東之橫山大觀，拿到第一回文化勳章的西之竹內明顯更代表著戰前日本官方的美術。再加上，《南楼晴霽》是竹內與帝國陸軍合作，前往滿州旅行時所畫下的作品。作為那個時代的一種政治需求，不論是為了影響國內民論還是反映什麼，那座城樓都像是征服者眼裡的景象。一個戰後日本的美國人喜歡《南楼晴霽》，我對神宮司一直抱有這樣的尊敬，那是藝術裡自信又純粹的一個視角，是我這種在日本公務員家庭長大的小孩無法想像的。

比我大上許多的神宮司早就退休過一次，但因為他在外頭的高人氣，學校又以特別講師的身分特聘他回來開課。在新大樓最大的那間階梯教室，教室甚至就叫 Jeff 室，那是他的英文名字。每個學期三學分，堂堂爆滿，特色是雙語教學，去上他的課日本人要用英文交報告，而也可以修課的留學生則是要用日文。

我知道花子同學也有修這學期的那堂課。

但他原來，是會這樣的人嗎？我不知道，那麼多年了，我從來沒聽說過這類的傳聞。花子同學已經離開我的研究室，桌上的茶她只淺淺喝了一口。現在的神宮司，不就是個，有異臭又留長髮的白人老人而已嗎？還很喜歡披一件格子織配牛仔褲到處亂跑。我沒有開大燈，只有桌上的檯燈發出暈染的光。

這檯燈，是我第一次去神宮司聖塔芭芭拉老家時，他爸爸送我的。說這是他當年在東京時，練馬一間古玩店找到的，現在讓我帶它回家吧！

去美國的契機，是我考上研究所，而神宮司順利取得了教職的一年。我們在夏日時去到美國，我第一次出國，頭頂了個巨大的草帽，英文說得有夠稚嫩。而神宮司也青春得不可思議，回到家的他換上一件沒扣的花襯衫，厚實的胸膛，配上他俐落的平頭，我這才感覺到他的濃眉和五官是多麼的突出。

他當地的好友約了我們一起出去釣魚。我因為不熟悉這個遠方海洋的波浪，在白亮的船板上滑了一跤，不慎跌入了大海。

那時，裸著上半身的神宮司二話不說，撲通跳入海中抓住了我。我的眼前不斷反覆著陽光的海面與湛藍的海底世界，他粗壯的手臂緊緊地把我的臉頰壓在他的胸膛上。海流很強，神宮司費了好一陣子才接到船上同伴拋過來的游泳圈。

我們兩人濕淋淋地躺在甲板上，天氣好得天空一片雲都沒有。

「這個世界差點少了兩個日本藝術大師呢！」船上的同伴在取笑著我們。

「一個啦，一個而已。」已經恢復力氣爬起身來的神宮司努力跟他們鬥嘴。

我不太確定那時的他為什麼說只有一個，或者，根本是我聽錯了。但我無法確認，不是因為身體沒有力氣說話，而是因為那是自我出生以來，頭一次感受到大腿之間一股熱流襲來的衝擊。

◆

手機螢幕上顯示神宮司來電時，距離花子同學找我說話已經過了兩個多禮拜。看到螢幕上的名字，我才想起有這件事。雖然理論上，這好像不是能夠忘記的事情，不過因為我後來仔細思考了那天她的言語，她只是告知，並沒有要求我要做什麼，於是我還真的什麼都沒做，就這樣把這事情忘記了。

「吉川老弟啊！」神宮司的聲音自耳機裡傳出。

「是，我在聽。」

「那個啊，十分不好意思，有件事想請你幫忙。」

「是。」

「電視台臨時和我說，要去岩手拍個特別節目，訪問那裡的一間燒器店。」

「光原社嗎？」

「不是耶，是久慈市那邊灰釉。」
「那還真是要去不好到的地方。」
「是啊，而且更麻煩的是，協調出來的時間剛好是我在學校上課的時間。」
「哇，那不就是明天？」
「正是這樣，臨時要公告停課什麼的都來不及了。所以才想請你幫個忙，因為學校這學期也沒配給我助教，然後今年剛好我也都沒留課堂學生的聯絡方式。」
「好的，沒有問題。」
「不好意思啊，現在學校裡的人我幾乎都不認識，剛好你禮拜一也不喜歡排課，就來問你了。」
「不會。需要我做什麼？」
「能不能請你就選部電影放給他們看呢？然後再請他們交個心得。我上週說下禮拜有祕密的特別活動，而且也差不多需要個期中成績了。」
「好，了解。」
「謝謝啊，我會帶好的南部鐵鍋回來給你的。」
「哈哈，你也太了解岩手了吧！」
「不瞞你說，我這次去還有個目的。」

「嗯？」

「我想在那裡買地。」

「蛤？」

「我這學期課程上完已經打定主意不再接下學期了，太累人了，我想休息了。正好，久慈那裡有塊新計畫區的用地我想給它買下來，等離開學校去那裡發展。」

「在那個地方能幹嘛嗎？」

「沒特別幹嘛啊，那是藝術商店預定地，周圍都是商辦。就當地政府想要有點文化氣息特別劃的吧，可以來開間選物店，賣當地一些民藝用品。」

「真是不知道你在想什麼。順帶一提，我有點好奇，你本來的祕密特別活動是什麼？」

「沒什麼啦，就想讓大家體驗坐禪。」

「坐禪？要帶學生去寺院嗎？」

「沒有啊，在 Jeff 室而已。」

「請僧人過來？」

「沒有啊，我帶我家那根木棍去打他們的背而已。」

「這算坐禪嗎？」

「不算嗎？」
「我也不清楚。好吧，總之，明天要去放一部電影給你們班學生，然後叫他們下禮拜前寄心得到你信箱？」
「是，感謝了。」
「沒事。」
螢幕上通話的符號暗了下來。我把手機放到一旁，去到櫃子上的光碟盒開始尋找明天要用的電影。雖然不是第一次，但神宮司會拜託我課務的情況真的十分少見。而且，他居然沒有任何學生的聯絡方式，這太不尋常了，他總是和學生打成一片。而且就算沒有日本學生的Line，至少那些留學生，他那麼愛找他們去他家開趴，居然也沒有聯絡方式。可能是近一年真的忙得無法顧到這些學生，還是已經老到無法像從前那麼多活動了。
等下。不對，他沒有花子同學的聯絡方式？
我愣在放著古典爵士的房間裡半晌，各式各樣的假設湧進我腦海。關於神宮司，和花子同學。
算了。
我告訴自己，不要管這件事情。
不過隔天，在看到花子同學走進教室時，我立馬後悔了。後悔昨晚沒有想清楚到底怎麼回事，後悔沒有在電話裡問神宮司，也後悔居然可以選擇完全不去管這件事的我。我完全忘記還會遇到花子同學這部分。

她的頭髮變長了一點，綁了個小馬尾。身上還是穿著拉麵店的黑色Ｔ恤，而下半身是一件淺藍的牛仔褲。和她一起進來的是幾個看起來是她同學，但打扮複雜許多的女生。燙著漂亮的邊髮，眼袋上有著霧一般棕灰。這堂課的女生遠比男生多，雖然本來學校裡頭就是女多於男，但這堂課更甚明顯。我也有聽過一些嘴巴比較毒的老師會酸，學校開這堂課根本只是讓留學生來找他們的大和撫子。

花子同學經過我時，露出了一絲訝異，但隨即十分恭敬地微微彎腰說：「吉川老師好。」

「您好！」我連忙回應。她身旁的同學看到，也轉頭和我輕輕點了下頭。

「神宮司老師沒來啊？」

「是，他今天有事找我來代課。」

我那時十分緊張，甚至於，我已經做好各種準備，只要花子同學和我開口講第二句話，或是提起任何問題，我就立馬走上講台，用假裝，但好像也不是假裝，就是用現在要開始上課了的動作來躲避她的交流。

「喔，好，我知道了。」

不過她只是走到座位上，並沒有發生任何我害怕發生的事情。

但我已緊張到手中完全是汗了。

「他是誰啊？」花子同學身邊的學生問她。

「吉川老師。」花子同學回答，轉頭看了我一眼：「是個很照顧人的老師喔！」

說真的，花子同學那個眼神，我完全看不出來有什麼調侃，或是意味深長的感覺在裡頭。那是一雙極致純淨、真誠的眼睛。不過光是我心裡想像所帶給我的反射反應，我身體的肌肉便像是抽筋般地僵住，而背部也開始冒出冷汗。

我草草上台，和滿坑的學生自我介紹，並說明神宮司老師今天不會出席，我們將會看一部電影，是Matt Damon的《The Talented Mr. Ripley》。請大家看完後回去完成五百字的心得，於下週上課前寄到神宮司老師的電子信箱。

說罷，我把神宮司的信箱寫在白板上。這時，坐在前頭一個學生舉手說：「老師，那個是老師的舊信箱，他已經換了。」

於是我請她上台把信箱寫在白板上，並趁機準備影片的放映。等一切就緒，我降下投影幕，看向台下的學生。教室並沒有全滿，這種極大人數的班級上課總是缺課很多，在教室後方還有許多整排的空位。

花子同學坐在教室靠前的位置，於是，在確定電影開始播放後，為了逃避她，我直

了這個「不治之症」，她已經準備被趕出所有地方，在公園或街頭等死了。

「你看，病歷號是452，代表我是日本第四百五十二個確診愛滋病的人。」我到現在都還記得，那時的姊姊這樣和我開玩笑：「要是以前大學聯考成績也那麼前面就好啦！」

姊姊在二十世紀結束前就離開人世。所以我也不知道，如果她得知快三十年後的現在，自己的弟弟也被檢查出HIV陽性時，會有什麼反應。

在學校接到那名晚到教室的男留學生HIV通報時，所有人都感到十分棘手。留學生的交友情況太過複雜，特別是學校裡女同學如此地多。教務長甚至害怕該名學生，因為在留學生裡外型和年紀都不占優勢，被本校的女同學冷淡後心懷沮喪，進行大規模的傳染報復行為。

我自己默默去做了檢查，在拿到結果後，和學校說明了發生的事情。大體來說，最後學校鬆了一口氣。我也能明白，畢竟對這個校園來說，那些青春年華的女子們才是最重要的，她們安全了。多年的同事，其實也都是我後輩了，十分地照顧我。我陽性的事情並沒有被公開，不過學校仍是在學期中以休養身體為由要求我離開職位。

神宮司忙得過頭，他得知事情時我甚至已經搬離京都，在與養護共構的新型態社區開始新的生活了。聯絡的那通電話裡，他吵著說要來看我，我堅持不用，他十分感嘆。

「沒想到，老弟你會比我更早離開學這間學校。」雖然僅僅一個多月不見，但他的聲音聽起來比我記憶裡老了許多。

「老弟啊，雖然你死不說你生了什麼病，學校的人也不告訴我，但明年春天，你病也好了吧？我們來去東京近代美術館吧！」神宮司說。

「東京近代？為什麼？」我問。

「我前週和那裡的館長聊天時得知，明年要展德岡神泉呢！你大學時不是說過，你很喜歡的他的《緋鯉》嗎？」

我愣住。

「怎麼？喂喂喂，有聲音嗎？」

「不好意思，電話沒問題。」

「你怎麼安靜了？」

「我很訝異你還記得。」

「當然啊！我一直搞不懂，就兩條不同顏色的魚在水裡，還朝著不同方向游，是有什麼好喜歡的。不過是老弟最愛的作品，我當然記得啊！」

「你記這些東西有什麼用啊？」

「我還記得，那天下著大雨，我們兩個走過丸之內好多間咖啡廳，卻都不敢進去躲雨，因為看起來都有夠貴我們根本沒那麼多錢。然後明明雨那麼大了，你還是很生氣地一直跟我說那兩條在水裡平行的魚有什麼好……。」

我不記得那通電話是怎麼結束的，但我知道通話完了後，我獨自坐在面向庭院的椅子上好久。看著那萬里無雲、無比接近重重向陽處的天空，我的眼淚落下像是神宮司講到的那天東京大雨般無法停止，心裡頭卻是一片海洋的水流湍急，浪珠和日光不斷激入的我的眼眶。

◆

幾年後，在不經意間，我發現了一集從沒聽過的Podcast，那是一個叫作岩手地方振興醬的頻道，而裡頭來賓和主持人的名字吸引了我。點開來，聲音果然如我猜測。花子同學作為主持人，正在訪問神宮司關於他位於岩手的新開的選物店。

「那我就繼續稱老師了。老師，首先最重要的問題，從學術圈離開後，怎麼會在這個年代想開一間實體店呢？成本上面不會太高嗎？」

神宮司的聲音從耳機裡頭傳出，聽起來健朗輕快。

「這東西，怎麼說呢？說真的，店裡的東西，我們和他們各個供應的職人都不是買斷，賣不出去退掉就好，所以從產銷的層面來開，開這間選物店跟搞學術的夢想一樣，都是無本生意啦！」

「怎麼會呢，老師，以前在學校裡老師給人的感覺也是熱愛研究的啊！」花子的音調和笑聲一起些許地調高。

「沒有啦，我太幸運了，搞研究像是天命一樣。妳要看以前學校還有很多很優秀的老師，那種用愛在支撐自己研究的，他們才是真正的學者。」

京都的星巴克們

「你知道嗎？」

花子的嘴唇上有星冰樂的奶油，她沒有察覺。

「整個京都喔，就是，加上舞鶴啊福知山啊，總共只有三十九間星巴克喔。但它們都沒開啦，只有市中心有星巴克。」

「這是，」我將目光從手機抬起來：「很少的意思嗎？」

「對啊。東京可是要五百間了呢！」

「東京嘛！」

「奈良也有十五間喔！」

我愣了一下：「好，我聽懂了。真的很少。」

我和花子人坐在星巴克北大路關西電力大樓店外，京都最北的星巴克。是日晚上，我們去聽一場 Live。到得早，於是便在旁邊星巴克等進場。

那是疫情前，京都年間觀光客是五千萬人以上的時候。

「京都人不喜歡喝星巴克嗎？」我自言自語。

「他們不喜歡的東西可多著呢！」花子說：「你、我、星巴克，他們應該都不會喜歡。」

晚上的 Live 在一個小小的地下室裡，樓梯只容一人側身而過。是個搖滾樂團女主唱的個人演出，她獨自站在台上刷了整晚的吉他。麥克風在台前，金屬色澤成一直線。有時演唱者身體前傾，聲音接觸凝滯的空氣，百葉的牆面粉黃，在身後把她融進強烈的白光裡。我和花子坐在第二排，花子在每首歌唱完時都會仰起頭看向天花板，像是不要讓什麼掉下來一般。

一、饕覗

對老一輩的遊客而言，談到京都星巴克，鴨川河床邊的三条大橋店約略會是第一個想到的點。河原町此區常年魔幻，現代的水泥建築與古樸的木造林落錯交，外國人身著浴衣在街道，簡單的圖飾與線條標示著和御所地區截然不同的一次性旅遊感，團扇車水馬龍，顏色形似旁邊三井住友銀行的風鈴。不論是自高島屋逛了千篇一律的UNIQLO結束，還是自東山的祇園返回，在三条大橋旁的星巴克一坐，都像是旅行裡某種媚俗的享受。亞洲人總是喜歡帶著大大的登機行李箱一同入座，讓走道窄得像北白川的水道。

但或許就是太過熱門，在京都求學不算少年，我卻一次也沒推開它的大門過。

當然，這只是戰術性說辭。我就不信聰明如讀者的各位，有誰會被我這種破爛到堪比薛丁格的買一送一的理由給騙到。熱門？呵呵。真正使我從未踏入星巴克三条店的原因，是因為那裡，有怪獸。

如同大家所知道，古代曾以皇室聞名的洛中，在二十一世紀的現在早已被貧窮的學生、世界各地觀光客和不知從什麼地方冒出來的神祇給占領。那個稅收喔，因為這些毫無生產能力的人們盤旋於此，已經難看到堪比BTOB的專輯封面。但俗話說，有學術的地方就有愛情，而怪獸，總是棲居於愛情的泥沼裡。

是的，居住於星巴克三条店的，不是木葉的蒼藍猛獸，而是平日於世界級學術殿堂京都大學吃咖哩，來自北白川的ＭＬＡ怪獸，星巴克東京都之神。

呃，這位相貌沒有任何特點，臉部如同還未化妝的舞伎，總是緇衣素扇的怪獸，此輩之名，也是他被稱作怪獸的原因之一。不是東京都，之神，而是東，京都，之神。還有西京都南京都北京都就對了。因為名字容易被誤解，所以大家常常對他投以過分的恐懼。沒有，他不是那個坐擁五百家的中目黑星巴克東京都大人，他手中只有十七間星巴克而已。

至於為什麼他會選擇此地為居呢，我想，跟夏天有關。

三条大橋店最有名的，莫過於夏季會將涼床擺放於戶外。比鄰的高級料亭無力登堂，人們總喜歡沉溺於星冰樂裡抹茶與擂茶對夏日的海鰻隱喻。那是初夏的喧囂，城市吞吐著語火，百鬼與舊書店之神一同到來的祭典。松陰草露，夕光裡猶豫著初夏薰風該放進多少涼意。一個不留神坐了過久，與底下鴨川的叢錯臨古到了黑夜，誠然又是另一曲靜謐。

「颳著很大的風，又是很吵鬧的下著大雨的一日裡，因為天氣大抵是很涼了，連用扇也忘記了，這時候蓋著多少含著汗香的薄的衣物，睡著午覺，也實在覺得是有趣的事。」《枕草子》裡如此形容這個時節，巽橋前的白岩幽玄，也不知七夕竹間燀眉的天女有否駐足半晌。在三条大橋上被人群困住的話，亦可在上頭等一場突如其來的雨駐足半個城市，鳶尾花香跟著霓色的虹劃開天空，像是狸貓在辦著什麼要事。

我第一次遇到這位星巴克東京都之神，就是在這樣一個令人愁惆的天氣裡。那年我十八，川上揚起塵一般水波，南國稚嫩的靈魂初次北上，然而飛機司機搞錯目的地，說是要去洛陽，中國那個，司機卻以為是，日本中國旁邊那一個洛陽。總之，在一連串鬧劇後，本要去中國留學的我，卻輾轉來到了星巴克三条店前，只是那時，沒有人要聽一個慘綠少年說的故事。

「少年啊，不進來喝一杯星巴克嗎？」站在門口的星巴克東京都之神如說是。

「不要，菜單都片假名，我不會念。」我說。

「你知道，都叫假名了，就代表，那都是，假的。」神說：「來京都不喝星巴克，就跟在京都沒有連續住滿三百六十五天一樣，都不算有來過京都。你要看得清這一切，一切有為法，如夢幻泡影，如露亦如電，應作如是觀。然而，五色令人目盲，五音令人耳聾。所謂的電光閃電，朝露幻影，是光，是眩，是迷，是盲，你如果總是想著要有所看透，終究會陪著自己失敗。光眩迷盲，這才是這個世界的真實。」

「蛤？」

「聽了這麼多，不進來喝杯星巴克嗎？」

「不了，謝謝。」

知道為什麼我會說那裡住著一隻怪獸了吧，諸君，我是真的有我的苦衷的。這個什麼星巴克東京都之神的，會把《金剛經》和《道德經》混在一起講！

然而說到京都星巴克最密集的河原町，我個人心頭最愛，仍是隱於巷弄的新京極店。此店極小，故一般以公車進出的遊人不易探訪。來往人潮多是此地的學生，轉角處有著兩個立體自行車駐車場，在日本第一份打工是附近的松屋，那時常把車停於此處再趕到店內打卡。

祇園祭時，京都溽暑早已難耐。提燈駐列，前日的宵山不知又有多少金魚迷失在孩子的簪帶裡。雖然明知會是個熱得煩人的體驗，但鑑於其大名仍是起了個大早追逐山車而去。漫漫一縴，車潮與人潮和冰鎮黃瓜並列。上頭的人吹著龍笛、能管，下層有太鼓與鉦。看得膩了，我騎著腳踏車離開人群，經過星巴克新京極店時，看到大學裡同堂課的日本女孩花子正在值班。

跟隨著祇園祭，店員也穿上和服感十足的特製圍裙。淡雅的白絲挽著藍青的錦鯉，眼睛微彎好似蟬鳴暫歇。車子停了，本想進去打個招呼，卻發覺兩個金髮碧眼的大背包西方人和花子臉頰綻放的虞美人，便也未推開店門。不想直接回去駐車場，料金十分鐘和三小時同一，於是在寺町裡的電影院買了最近一場的票，也忘了映畫裡是什麼故事。

町家林立，喜愛和式建築的人往往恨不得將自己埋於此處的地磚縫隙。比之花見小路侍奉於神的機巧之作，寺町一帶町家更有生活的細緻與悠長感。正面甚窄，縱深鴻入，其形有如鰻魚。楷正的名牌上，窗櫺影子遮放著一池緩沰。

此處亦有許多文人雅士佳談。出新京極店往南幾個街口，便是芥川與谷崎夫婦遊覽京都之地。森田松子在此遇見谷崎的「本以為只有芥川，卻聽介紹說，這位是谷崎先生。很快平靜下來，寒暄之後，稍微有點兒不好意思。」這名女子便是居於谷崎與佐藤兩位文豪人生裡重複的那位M子。

夏日的一個人，輕輕刷著吉他和弦，經過居酒屋聞著烤雞串香，卻不會唱歌。

「厚，你喜歡那個花子齁？」星巴克東京都之神的聲音從我頭頂冒出，把我嚇了一跳。

「你為什麼在這裡？」

「新京極店也算京都市東邊齁，我每天巡邏都會過來看看。」

「我想請問一下，星巴克為什麼需要巡邏？」

「怕被 KOMEDA 搶走。」

「KOMEDA 是什麼？」

「明明就是賣紅豆塗在吐司上卻硬要叫咖啡店的名古屋仔。」

「我聽不懂。」

「少年，聽著。」神把他的手放到我的肩膀上：「那個花子，絕對比名古屋仔更難懂。」

我看了看星巴克大大的落地窗裡，花子已經將自己的手機拿出在手上，身體靠近那兩個外國背包客，指著他們手機螢幕。不知道是在交換聯絡資訊，還是在報路。我嘆了口氣：「我同意你。」

「是吧。我們星巴克有個店規，愈漂亮的女生就愈會騙人。」

「這不是張無忌他媽說的嗎？」

「張無忌是誰？他也是個名古屋仔嗎？」

「我不覺得他會是名古屋出身的。」

星巴克東京都之神一臉疑惑，但他只是搖了搖頭，說：「我還有很多店要去巡邏，不打擾你了少年。」

說罷，他走進停車場，從裡頭牽了一台淑女車跨上，搖搖擺擺地往町家的深處騎去。一個信封從屁股晃著晃著，從輪胎的間隔掉了下來。我連忙追過去。

「誒，你的東西掉了！」

但他像是故意沒聽到一樣，哼著歌的身影消失在小路的盡頭。我走過去蹲下，將信封拿了起來，發現上面有寫著字。

「撿到的人可以看，但要記得還我。」

本想直接丟在原地不管，但恰巧，我挺起身子時發現，旁邊店家招牌上寫著名古屋手羽先。思考了兩秒，因為害怕若是將此信留在宿敵的門前，搞不好會引起大名之間的戰爭，所以我還是把信收進懷裡。

雖然那封信被我帶回來，只是祇園祭後便是夏日合宿，一個忙碌就忘記這件事了。本來以為花子會一起去到伊根，而我和她會有個短暫卻難忘的夏日回憶。但到了目的地我才知道，她說假期要回岩手的老家。因此雖然那幾日盡是忙碌，卻也提不太起太大的勁。

合宿結束，回到房間的我放下背包，整理著衣物準備放入洗衣機時，才從褲子口袋摸出那封信。我看著上頭寫的字，想了一下，從封筒裡抽出信紙。坐在鋪滿地面的衣服和褲子裡。隔壁公寓的房客又到陽台上抽菸了，我其實滿喜歡聞那菸味，不知道是什麼牌子。和著菸味，底下街道的車水馬龍，和手機播放韓劇的聲音一起飄進了我的房間。不知道旁邊鄰居是怎樣的人，但每個晚上，似乎這個人都會留給自己一點時間待在陽台，用幾支菸配幾集的韓劇。

我把摺疊的信紙攤開，讓香菸和孔劉的聲音陪伴我開始閱讀。

七月一日

拜啓

欸，美幸，夏天是什麼？

新的室友在上個月一個早上搬到了對面的部屋。大約十點左右，那時我其實才剛醒，聽到房東開門走上來的聲音，便先把音樂關了起來。聽到他們說請多指教，接著整個老屋子又回到了一片寂靜。

我那天很懶。好啦，對啦不只有那天，我每天都很懶。不想去打工，不想出門，不想走出房門去洗澡。對面那個部屋之前住了一個廣島來的女生，住的時間很短，不到半年吧?不知道是來幹嘛的,我不太常看到她。但我很喜歡她那個房間,正對著智惠光院通,我住的地方前面的小路。所以只要打開窗戶便可以看到各個時間點日常的樣子。我的房間面向著曬衣場,天空看了也是挺美的但是,可能沒那麼有趣就是了。

喔對了,美幸,那天天氣也很棒。跟我上次幫妳搬家一樣,太陽跟很舒服的地毯一樣。

其實最近每天天氣都很好。梅雨季像是忘記了要來一樣,只有水無月初下了幾場午後雷陣雨,下的時候我都在打工。從店裡往外看,每一把撐起來的傘都像香菇,每一對逃離雨勢的情侶都像趕著去分手。每次我下班時,雨早停了。不知道是幸運還是不幸,一直到梅雨季結束,那把來的第一天我跟妳在港口買的黑色折疊傘,我始終沒有打開的機會。

一直到五天後,我才看到了新的室友。是個男孩子,高高的男孩子,台灣來的男孩子。我要出門時,他剛好從房門裡走出來,在階梯的上面跟我自我介紹。頭髮亂亂的,像是剛醒來沒多久,膚色有點黑黑的,眼睛沒有太小。整體來說好看的程度是在正值,因為身材瘦瘦的,感覺是個滿乾淨的男孩子。美幸,我感覺妳搞不好會喜歡。

以一個男孩子來說,他的動作算是很輕巧的。住的地方是一軒家,只有兩層,全部的構造都是木頭,地板也是天花板也是。走在裡頭非常容易,不對,應該說,一定會發出聲音，動作粗魯的人可以讓全屋子的人知道他每天的作息，幾點起床，什麼時間洗澡，哪個時候出門跟回來。女孩子大部分比較注意一點，動作慢了一點輕了一些，但像是玄關大門，還有打開幾個比較有年紀的櫥櫃門扉，難免還是會發出聲音。所以，新來的房客踩在木頭地板上時，只有小小的一聲吱呀，真的算是動作非常輕的男孩子。要不是因為我正盯著他左腳慢慢地把重心換到右腳，還真沒有注意到那聲音。

欸美幸，我其實是一個很容易喜歡上新認識的人的人。

可能會有人覺得我這不是喜歡，只是有好感吧。但我很清楚知道，我知道這兩個的差別。嗯可能不只，是這三個的差別。有好感、喜歡，跟愛。美幸妳相信嗎？我很知道它們不同的感覺，對我來說會產生的不一樣反應。有好感的部分，我是從別人對我的反應感受到的。我沒有炫耀的意思，但我知道我是個很容易讓正常人有好感的人，我喜歡別人對我好感時，他們總對我比較溫暖一點，細心一點。像美幸對我那樣。雖然可能也會小心一點，言語上肢體碰觸上，但我本來就不是一個很喜歡刺激跟驚喜的人，所以這點還好。

那天下班回家，在北大路通要轉進我們家的巷子時，遠遠地看到了他，那個新房客的身影，屁股下還有一台黑色的自行車。我把車子調了頭，往旁邊的船崗山騎過去。

去年五山送火時，房東小森先生帶著大夥兒從部屋這邊走了大約十來分鐘，在船崗山上一個小小的空地等待那個夜晚。天色暗下來沒多久，祭典就開始了。從東邊慢慢地燒起，大文字山、松崎西山跟東山、西賀茂的船山、大北山、曼陀羅山。安靜慢慢地吞噬了整個城市，雖然是在非常遠的地方燒著，但不知道是錯覺還是什麼的，一直感覺木頭因為高溫而不斷在身邊碎裂。

美幸，除了真的多到一個我無法形容的蚊子以外，妳一定也會喜歡這個夜晚的。

在那之後我偶爾會自己去那裡，但時間最晚就是黃昏，晚上因為沒有光，一個人上去還是會有點怕。太陽下山之前的天空很粉嫩，像剛洗完的玻璃，還沒拿衛生紙擦乾時，每一粒殘留水滴都映出一點不同方向折射出來的光影。

今天下午，文月的第一天，我騎車經過船岡山時，天空飛過一架飛機，後頭拖著長長的白色雲狀，把天空的凝結切開。「那是飛機雲。」聲音在我身後傳出，轉頭，是那個男生。

美幸，我覺得，喜歡是一種無可救藥的狡猾。

我喜歡過很多人，但我有一個原則，一個時間點下我只會喜歡一個人。所以我喜歡的每個人對我來說都是某個時期的重心。可是大部分人不知道我喜歡過他們，但他們確實讓我變成更好的一個人。去注意不要吃太多而發胖，去讓自己更聰明些來聽懂對方在說什麼。喜歡一個人是一件很溫暖的事，我也十分喜歡認真喜歡別人的自己，感覺好溫柔，好善良。與之相比，我不喜歡拚命討好別人喜歡自己。中學時有一次，我在凌晨兩點多偷偷開了家裡的大門，拿了桌子上的水羊羹，送到離我們家滿遠的一個女孩家裡，不敢騎腳踏車，因為輪胎的聲音會吵到我爸。現在想起來，我覺得那時的自己好寂寞。

二、祇王寺

「其實啊，從前京都是有五個星巴克之神的。」星巴克東京都之神說：「東西南北以外，還有一個中。」

「那那位中星巴克之神跑去哪了？打蒙古去了嗎？」

「為什麼是蒙古？不過不是，嚴格說他還在京都，只是被鎮壓住了。」

「鎮壓？」我問：「是他做了什麼壞事被你們四個聯手鎮壓住了嗎？」

「不是啦，也不是這種故事。」神說：「鎮壓她的人是原廣司。」

「誰？」

「設計京都車站的人。你記得大立伊勢丹那邊搭手扶梯上去有個平台嗎？本來要鎮壓在那裡，不過因為被 Mister Donut 搶走櫃位，所以只好鎮到京都塔下。」

「你們真的很容易跟紅色招牌的人結仇。」

「不會啊，我們跟麥當勞關係不錯。在京都我們都是弱勢族群。」
「好可憐。不對，不是，為什麼要鎮住那個神？那個神做了什麼壞事？」
「原來你是相信有做錯事才會受懲罰派的人啊！」星巴東京都之神點了點頭：「我們比較是那種，不做事就等於犯錯的行事作風。」
「也對，你們在日本也算外商嘛！」
「對啊，American style。」
「所以，為什麼要鎮在京都塔下？」
「她沒有幫京都爭取到中央新幹線。而且，在去東京開會時，她還愛上了一個人類。東京的男人，卑鄙、無恥、下流，居然拿中村酒造的千代鶴給她喝。星巴克中京都之神有個特徵，她只要喝醉就會自動卸妝。那個人類男人看到她的真身後，被嚇得向後摔到，頭撞到澀谷的忠犬小八石像死掉了。星巴克中京都之神醒來後，因為她那時快選京都知事了，身為自民黨翻盤唯一希望的她怕影響黨內選情，居然跑回京都偷了京都自古可以騙過死神的三大神物回去復活男人，所以才被鎮壓在京都塔下的。」
「等一下等一下，這個故事情節，她是不是一隻白蛇？」
「咦，對啊！」
「然後那個什麼三大神物的，就是仙草吧？她是偷摘仙草才被鎮在京都塔下的？」

「不是仙草，是實相院的木芽。」

「木芽？」

「山椒的嫩葉。你想知道另外兩大嗎？」

「沒有很想。」

「好。是聖護院的蘿蔔和星巴克烏丸店的兩種雪球餅乾禮盒櫻花加抹茶的。不過原來你認識她，不早說。」

「也不算認識啦……喔對了，你的信，我看了。」

「什麼信？」神一臉疑惑，突然想到什麼似的，雙手翻找自己的衣物口袋，把裡頭的襯布全部拉了出來：「美幸嗎？」

「嗯。」

「原來是你撿到的。」

「我還以為是你故意掉給我撿的。」

「當然不是啊，誰會故意掉一封信在名古屋手羽先前面呢？」

「我下次還你。」

「好啊！」

「我還可以再問一個問題嗎？」

「可以啊！」

「你為什麼，」我的頭轉動，環視了一圈我所在的車廂。身穿古著的年輕情侶、帶隊的國際交流處學生、還有一大群各國各種瞳色髮色的留學生：「會出現在我們大學的賞楓行程裡？」

「怎麼？不歡迎我嗎？」

「不是。與其說不歡迎，不如說我真的很疑惑，你為什麼會在這裡。」

「唉呦，不要把這種緊張的氣氛帶到青春大學的團體生活上啦！而且，你看花子同學也在耶！花子同學，看這裡！」

「你不要鬧，拜託。」我拚命抓住在公車裡跳上跳下的神。

京都賞楓之地繁多，但若說至秋日，和公車一道擠壓寒冷至北方的三千院乃是正道。日晷傾苔，楓亂珠淵。寂靜之地必有多情之人，聽此地的同學說，古有平氏之女整日往返於此地山谷，欲見親王之垂愛。終至一日忽至醒悟，於大原從此長關於山門之中，不願再望向窗外明月皎潔，卻願能長記起伊人之顏。

花子的圍巾上起了毛球，在田野四散的房舍間走著，嘴巴裡呼出的寒氣讓她不知覺地吃到毛球好幾次。鬧騰的人群駛破群山的安靜，沒有人注意到她一臉懊惱地偷偷搗起嘴巴，把口中的毛球吐出。

「有啊，有人啊！你這不是注意到了嗎？」神說。

回程的路上，月亮在東山升起。慣例的留學生出遊，大家總是會在河原町的居酒屋再聚會一番才結束。說是結束嗎？好像也不會。愛鬧的歐美留學生總會帶著醉意直接跳上京阪電車，一路狂歡至大阪的夜店去。花子沒有興趣，和我都是在店門口解散的成員之一。

四条的京都是城市裡醒得最晚的，而京都也不是全無夜生活。走入南北直向的徑路，還有許多個性小店在裡頭。二字絣花樣的花窗裡，一個鐵板、一櫃好酒、一大籃美得出戲的食材，還有一個健談開朗、綁了葡萄唐草頭巾的肌肉京男子主廚。店員也都好看得懾人，小小一間店面，像是綁架了世界最為青春的幾人，在圓圓的月亮下，用夢想撿拾著十三夜流洩的寒意。

燈街闃深，不整齊的腳步聲鋪滿等待紅燈時無人路口的熱鬧。不知是不是寒冷的關係，花子的眼睛看起來比平常更多了許多心事在裡頭的樣子。

「你這個人，真的，金、變、態。」神說。

「我說，你為什麼還在？」經過一天的奔波，我已經沒力把所有事情搞清楚為什麼會發生了。

「我要回家啊！」神往河的方向一指，的確，我們走到三条了。神說：「好了，我在這邊與兩位分別。」語完，便消失在人行標線的另一邊。

只剩我和花子二人，我看了看她，很想問她妳知道這個人嗎？但又怕過於失禮，便沒開口。倒是花子先開了口。

「坤君會去鞍馬火祭嗎？」

「誒，不會吧！那不是得坐鞍馬電鐵？平常就這樣擠，我怕會下不了山。」

「下不了山是不至於，但擠是肯定逃不了的。」花子說：「我也沒去過呢，想到這樣寒冷的夜晚要在上頭，便覺得會有衝動自己跳進那火裡頭。」

就這樣，我和花子同行了半座京都，有說有笑。夜晚的散步，不知是因為同行之人的好語，還是沿路都是世界遺產的陪伴，那時間並不覺有什麼漫長。一直到走至各自房間門口，這才發現她便是宿舍裡每晚有韓劇聲音傳出的鄰居。

走廊燈亮起，風鈴在盡頭喃喃作斟。

拿著那封寫給美幸的信去找星巴克東京都之神時，他在三条大橋上的正中間。

「我和星巴克西京都之神每三年會有一個活動。事關東西京都星巴克的存亡。」

神把雙手放在扶手，躬身趴在上頭，遠遠眺望著北方的下鴨神社和出町柳三角洲。

風很大，神身披三塊兜襠布，葛文的衣裾在身後張狂地飛舞著。河邊的蘆草紛紛彎腰，天空中的雲也以快得不可思議的速度移動著。

「但，那個活動我們需要各帶一個人一起參加。經過這半年的艱辛，汝已通過我的考驗，成為了能和我一起參與的命定之人。」

「什麼考驗？」我問。

星巴克東京都之神從他的兜襠布裡拿出一張十分平整的Ａ４紙，不愧是神，我真不知道要怎麼把一張紙放在身上還可以那樣沒有破損。我接過一看，是我的期中考成績單。

「你為什麼會有這種東西。」

「你可知道，〈薄羽蜉蝣〉裡小茜初見世正值仲之町的櫻花將近滿開時期，那天是個天空清澄湛藍、白色花朵開始紛飛的晴爽之日。雖然這是吉原那裡的故事，但和你的成績單大有關係。」

「好了隨便。我不要去那個什麼你和西京都之神的活動。」

「不去嗎？」神挺起身子，雙手變成一座山撐在橋上：「算時薪的喔！」

「時薪？」

「和星巴克店員一個小時一樣錢算你。」

我沉默地在心中計算著。

橋上的風停了，遠遠川上的波紋便出現，又是一波風要起了。

「這個秋天，還沒吃松茸吧？」神伸手抓了抓自己的屁股：「再沒錢吃的話，食欲之秋可要結束了。此地可是京松茸，德富蘆花說過自山陰一路吃過來最為甘美的喔！」

祇王寺在嵯峨裡頭，大多遊人並不會踏足的清幽之地。綠蔭深潛，偶爾錯落的寺廟，狹窄的街道上卻會出現大遊覽車要迴轉，那些大多是前往天龍寺的團客。顏色單一得讓人出神，可能是附近並無特別高的東西，天空的藍與白占了比平常更多的視線。自太秦一帶多是這種風景，除了乾淨以外，這區比之京都其他地區更有種澄淨之感。有點兒讓人脫離這是日本的印象，反倒像是歐洲與世隔絕的小鎮一般。路上少見行人。

進入寺裡，外頭強烈的陽日便被偷偷收進時光。水氣豐盈，離山很近，牆外植了整城的竹林，門內楓紅的季節剛過，枯平的枝椏卻也很是柔和。寺裡只有一間草庵，走過階前放著用於澆灌盆栽的灰藍色水管，室內有一扇吉野窗。

幽暗的芳醇自陰影裡叢生，一隻白貓拖著緩慢的步伐走到我和星巴克東京都之神前。

「這位就是星巴克西京都之神。」

白貓對我點了下頭，花子自星巴克西京都之神的背後走出。

「好，那麼現在，兩位星巴克之神與各自的見證人都來到現場，我在此宣布今年的東西星巴克合戰開始。」星巴克東京都之神端坐在地板上，用宏亮的聲音說：「首先解釋合戰的進行方式。待會，我會將我們四人中間的花牌翻開，上頭會寫著傳統的終極試驗題目。先和兩位見證人確認，各自找你們來的星巴克之神都沒有洩露題目吧？」

我和花子一起搖頭。

「很好，那待會，在看到題目後，請四位先不要說話，用毛筆在手上的習字簿寫下心中第一個想到的答案。接著我會數一、二、三。聽到三時，請四位把手中的習字簿翻開。如果四位的答案一致，那恭喜，接下來東西星巴克又會迎來精采的三年。如果不一致，那，」星巴克東京都之神頓了一下：「就會發生很可怕的事情。」

我把口水吞進喉嚨，不小心發出了聲音。我看了身旁邊的花子，她正抿著嘴唇，吸氣吐氣跟著睫毛的眨動一起十分明顯，兩隻手在正坐的膝蓋上不斷捏緊又放開，看來也是非常之緊張。

星巴克東京都之神雙手拿著花牌，一瞬間翻了過來。

SMAP 最有名的一首歌是哪一首？

蛤？

「請各位在習字簿上寫下答案。」

「都寫完了嗎？請放下毛筆。」

「一、二、三，翻開！」

世界に一つだけの花、世界に一つだけの花、世界に一つだけの花

「看到東京都那個男人帶著一個外國人來的時候，我心裡還想說完了呢！這個人知不知道SMAP是什麼啊？」

正坐在階梯上的我，聽到蒼老的聲音回頭，星巴克西京都之神緩緩地走了過來。

「您好。」我連忙站了起來。

「不用多禮。真是幸好眼前的台灣人不但知道SMAP，還沒有回答Shake呢！」

把屁股放到地面上，我們一人一貓靜靜地看著眼前的庭園。蒼苔和青苔層疊淺遠，斑駁的蘚綠，在微風裡變得慢慢有種抹茶拿鐵的味道。

「我也只知道那首歌，SMAP的話。」

「那還真是太好了呢！」

「不過，以前有人答出別的答案嗎？」

「有啊！」白貓低頭舔了舔自己的腳：「雖然題目因為時代不一樣，但當年老朽第

一次來到京都所選擇的見證人，便在一個答案顯而易見的題目裡，給出了截然不同的答案呢！」

「題目是什麼。」

「愛的發生是源自相遇還是別離。」

「我怎麼覺得，硬講的話，兩個都會是啊！」我說。

「要第一直覺的答案喔！」

我低頭想了一下，白貓看著我，笑了起來：「你知道她的答案是什麼了吧！」

「是。」

「她是我來到祇王寺時的住持，名叫高岡智照。小時候，因為是個私生女，在生母亡後過得很辛苦。最早是被賣給人家做妾，爾後又被賣入大阪的富田屋當藝伎。富田屋是那時挺大的高級沙龍，她在那裡遇到了許多社會名流。和你和花子不同，她在十五歲時便有了一位相公，也就是會資助她的情人。你想想自己十五歲時，卻得和大上自己許多，在社會可能是什麼企業的接班人，或是上市公司老闆談戀愛，是怎樣一個光景。」

我看著白貓。

「有一天，相公在她的手鏡裡發現了一張別的男人的照片。照片裡，是當時出了名的歌舞伎演員。為此，兩人的關係瞬間陷入了危機。對花街的少女來說，她們日夜都面對著情感的流動，所以特別容易對搬演著世間聚散的戲子有好感，當成偶像把照片放在私物裡也特別常見。不過你可知道，對一個十五歲的少女來說，在遇到大她許多歲的相公懷疑她對他的感情時，會怎樣證明自己的真心嗎？」

我搖搖頭。

「她把自己的左手小指剪斷，包在手帕裡送給對方。」

陽光慢慢被山裡探出的黑暗吞噬，不知何處傳來了寺廟的鐘聲。

「雖然可能又是老朽多嘴，但你和她認識了也有一陣子，應該有感覺到，那女孩，不會喜歡你吧？」

「嗯，我知道。」

「抱歉，老朽真的多嘴了。」

「沒有。」

「我只是害怕，你以為受傷可以證明什麼而已。」星巴克西京都之神抬起自己腳掌：「但，你也不必這樣避著她。花子剛也和我說，你這人總是若有似無地躲著她。本以為只是外國人不擅言詞，但，慢慢認識後發現，你精明得很。你只是用自己是外國人的身分，在應該真誠相處時把自己演成什麼都不知道地躲開而已。」

前一週，秋天的風像是完全燒起來的火，甜甜的，聞起來好舒服。花子報告搞砸了，拎了一袋啤酒敲了我房門。才開口就忍不住吐槽，啤酒果然要夏天才好喝。我提議出門看銀杏，順著北大路的中島一路向南，不知不覺竟走至平安神宮旁的星巴克鳶屋店。小孩在草坡上市集跑跳，身著茶色與枳色的大叔們喝著溫酒配著栗餅，不知是不是江米糰子太甜了否，談話內容盡是些人生感恩之語。

我很努力想記住那時眼前的景象，在很遠的以後能夠把這些當作記憶的種種。但就連當下只要冷風吹過，大衣的邊緣便被緊縮得破破爛爛，我好像一鬆手便什麼都沒有。天空有紅色和紫色的光，店家擺在街道上準備中的立牌，花子用圍巾包住星巴克杯靠近的臉頰。只要稍稍一靜下來，就能聽到夏天殘留的蟬聲。走進南禪寺時，花子喜歡仰著頭往前走，看楓樹和山門一個個向身後退去。

「雖然以前人們總說，人生一輩子要在京都談一場戀愛。但其實在京都，有很多東西是比一段戀情，更值得人一輩子放在心裡的。我相信，不管你們將來會變成什麼樣子，花子她一定也很願意和你一起，去感受兩位在人生中像眨眼一樣短暫交集的一切。」

星巴克西京都之神和我說。

好清澈。秋天到了，秋天要結束了。

星巴克西京都之神的屬地，嚴格上來說只有一處。

嵐山和金閣作為京都西邊的兩大看板，附近皆無星巴克所在，也是一奇特景觀。城市左半地圖點開，僅有一家四条葛野大路店在正中間矗立。此店也甚是特殊，入門處狹窄，是Benz展示場的一小部分。內用座位得拾階向上，四周落地窗灑下，採光十分耀眼。左轉出去有一寬敞的陽台區，放置各式巨大躺椅，或躺或坐，再配上一根Hope或Peace。

四周無特別景點，交通卻也四通八達。從陽台區看過去，對面是我和花子的學校，以及大學附設的外大西高高等學校。

京都的地域限定星冰樂總是日本得不能再日本，抹茶、櫻花，頂多加個黃豆粉。但人在京都怎麼能不吃這些？點了一杯上陽台，澄明長空裡，對面的西高放了課。一個潮濕不注意，柏油路面便積起層層銀白，和女高中生白嫩的四肢在青春裡跳躍。只見一名星巴克店員走上階梯，在牆壁上的黑板寫下大大幾字：「初雪。回去時請注意路滑。」

花子從階梯走了上來。下課有點遲了讓你多等抱歉，她說。鄰桌是幾名也是南國來的留學生，興奮地拿著手機又是拍照又是限動。

「你不喜歡雪嗎？」花子問。

「不會啊！」

「怎不看你興奮。」

「太感動了。」

花子白了我一眼。

「明早如果要看雪金閣要提早出門喔！有雪的路很滑不能騎車，七點多搭公車去排。」

「喔，好。」

「晚餐要不要吃魚？」

「好啊！」

「我從老家帶回來的。你看！」花子從背包裡拿出幾隻用真空包裝的魚狀物，從尾部抓住，讓牠們像扇子一樣散開。

「妳回岩手喔？難怪最近都沒有看到妳。」

「對啊，回去處理一些事情。」

三、榆莢雨

十二月十八日

早上和法國同學 Louis 去奈良看若宮祭。今天是最後一天的後宴能，重頭戲是金春流的能和大藏流的狂言演出。金春流是五流裡最古老的一支，真要說還比京都的觀世流還要早，真是難以想像。奈良真的是個比年歲便中氣十足的地方。

本來還擔心，前幾天都是陰雨綿綿，要在雨中看著老師們穿戴包著雨衣防水的能面演出，但幸好，天氣也是放晴了。

我和 Louis 站的地方旁邊便是各家電視台的記者和攝影師大哥，在奈良跑地方新聞肯定不會是什麼刺激的人生，頂多就介紹最近在 IG 上紅起來的烤肉店和奈良國立博物館的新展覽而已吧，悠閒到連這樣古老的祭儀也會連線直播在電視台上。大家好像也多是當地人，一邊看著舞台上的儀式一邊說好懷念啊小時候常看。

因為站得太久，Louis 心一橫跑去旁邊加入了若宮會。就是春日大社若宮的粉絲後援會那種感覺，加入了就可以坐在有位子的看台上看戲。入會要六千塊，還要在名冊上寫漢字的名字。Louis 找叫我過去幫他，於是我就寫下陸意思。反正他也不會交年費，明年這位陸意思就會被粉絲會除名了。

開演時人很多了，還有幾頭鹿一起站在那裡看著，很悠閒的下午。其中一頭是星巴克奈良神鹿，走過來託我帶一根奈良漬回去給星巴克東京都之神。

我一直覺得在奈良吃東西很麻煩，但這次陸意思介紹去吃一間關東煮，店鋪老得不可思議的有味道，很是地道。不管是梅天、竹輪、大根還是一整隻章魚腳，配上啤酒在冷冷冬日，讓人真有種快要歲末的感覺。齋藤歷經說過，老闆請吃關東煮就代表今年的工作結束了，到年末為止都可以一本正經在辦公室裡無所事事。今天吃了，感覺不是無所事事，是感到做了什麼也不如一塊蒟蒻，不如不做罷了。

但，在關西說關東煮很地道，不知為啥就怪怪的。

十二月十九日

和花子去西京極運動公園看了籃球。日本的籃球比較無趣，不是不強，而是沒啥失誤，基本就是雙方確實跑了四節的戰術，然後個人技術跟體型差距。我沒特別支持哪隊，但花子的岩手隊洋將有夠大隻，完全輾過了主隊京隊的所有人。想來灌籃高手裡，翔陽的花形透後來就是來了京都的籃球隊。的確，場上京都的洋將就是個對抗性不足但技巧挺好的白人球員。

完了後，因為在寒風裡等了太久的公車，兩人決定吃碗烏龍麵再回家。冬季京都會在湯裡加入蘿蔔泥，整碗吃完那飽足感真的不容小覷。

十二月二十日

上課時老師提到了藤原惺窩，很是不懂問了花子，花子說她也不知，建議我去問星巴克東京都之神。

星巴克東京都之神說他也不熟，但他和林羅山認識。

「要是那傢伙還在，感覺他應該會喜歡冬季的薑汁焦糖拿鐵，你要不要喝一杯？」

因為手中已經在喝巧克力星冰樂，我便婉拒了他的好意。

「在冬天還喝星冰樂真是搞不懂。」

我懶得跟他說，因為要搞懂菜單上片假名到底是什麼太累，不如直接點冰沙。

林羅山是朱子學派的，和陽明學派的中江藤樹很是不和。他對陽明所說的，實踐明德的清明心視為沒有私心存在的「異端」。知行合一的良知主觀，無疑是一種獨善。而雖然嘴上說不熟，但在藤原惺窩的部分，星巴克東京都之神看來也是若有了解。

「存心持敬。然而佛的道理在現實社會中有什麼能作為生存的指針嗎？對於私欲的克服，存於自身之時常變於私心的否定。所謂人倫，說的是現實現世的人間社會種種，然而在佛的角度卻是出家的種種。出家本身就是一種親不孝，這樣已然不是人倫了。」

不愧是北白川ＭＬＡ怪獸。

十二月二十一日

和人約在京都車站，完事後想說無事，便一路散步回去。路上遇大雨，跑入地下鐵站。不知是不是立花北枝所說的跑雨。

十二月二十二日

趁著課間去吃了寺町裡山本的炸豬排。炸豬排這種東西果然還是要一個人吃，口裡咬下脆皮時，在一間只有自己的小餐廳裡，聽著那單獨響起在室內的喀滋聲，感覺好像擁有了全世界。老爺爺輕輕在油鍋裡翻著肉塊，滾動，細小的泡沫綿延地炸開。

中餐吃得如此飽足，卻仍不要臉的在星巴克買了一杯摩卡星冰樂，人真是不知節制的生物。

十二月二十三日

心裡仍對昨日的豬排念念不忘，但花子又邀約去吃森林咖哩。森森咖哩在二条，位子不多又熱門，是排隊必定店，只是常常沒有營業。因為也算是網路紅店，一個月會有半數時間以上在日本各地的市集擺攤。賣的不是神保町那種日本洋食咖哩，而是色彩鮮豔的香料咖哩。我一直吃不懂這種食物，不懂不是不好吃，而是在好吃時一同浮現的，嗯，我不懂。香料咖哩是種默默張揚的食物，常常讓人覺得，或許是個了解現在日本其實是什麼的路徑。

晚上讀了柳田國男的《遠野物語》。

十二月二十四日

早上正看著新聞說日本海側豪雪時，就發現宿舍的水管凍結了。節日不易找到人來修，處理便花了大把時間。

雖然晚餐留學生們自己有派對，下午路過星巴克時還是忍不住進去了吃了個聖誕配色的甜甜圈。坐在位子上發現店員忙得過分，在聖誕夜吃草莓蛋糕好似已是日本人的文化，整個午後來拿預訂蛋糕的客人沒有間斷。大多是家庭，帶著不到膝蓋高的小孩過來。有個小孩真是可愛，不斷和店員堅持他沒吃過草莓，但媽媽一直跟他說昨天他吃的那個就是草莓。

晚上神宮司教授也來一起參加，堅持要買單。亞洲的學生都覺得不妥，但歐美人好像理所當然。吃得老飽後，覺得自己好像占了人家什麼便宜，特別去口座領的錢還飽滿地躺在錢包裡，於是便決定一路散步回去消除心裡的罪惡感。

京都聖誕夜氣息可以說沒有，但想想若是真有什麼聖人在京都誕生，那晚上大約也和平常無異吧！就是這樣的冬日，總讓人忍不住感嘆《徒然草》寫得真好。

「如此澄空長明，雖與昨日無異，卻十分可珍。」

十二月二十五日

節日，拿著書去找星巴克東京都之神想問些不懂之處。

雖然他一直堅持要我先陪他去三条大橋上拿石頭砸在如此神聖的聖誕節出來街上秀恩愛的情侶，但還是被我拒絕了。

星巴克東京都之神講到了在過去的日本幫助星巴克之神們許多的仁齋，這是課本上沒有說的。說這個人是雖是個商家，但也是古義學的代表，認為朱子於道德上追求的生存過於嚴苛，應該正確地閱讀《論語》和《孟子》。特別是《論語》，他認為那講的是「人倫日用之道」，關於根本、忠信的努力追求之道。沒有私心，就是心有他人。這是一本「宇宙第一之書也」。用宇宙來形容忠信之書，讓我不禁笑了出來。

但像荻生徂徠便十分批評。最主要的批評是說，仁齋的閱讀是主觀的，他根本沒有能力正確閱讀古代漢語。想來那時做個學問也真是難，隔了個語言什麼都可能發生。但說到底，我好像也從來不覺得自己有讀懂「宇宙第一之書也」。然這裡的「沒有讀懂」

對那本書也不是什麼稱讚的意思就是了。

十二月二十六日

就要年末，超市內水產區已擺滿了大大的鯛魚，其他櫃位也滿是年節料理。

到了晚上才想起今日沒吃東西，這麼冷的天氣容易讓人一整日不想動。去外面吃了一直很想試試看的純雞肉燒肉專門店。不是不好吃，但一邊吃一邊點頭，果然燒肉大多是豬和牛是有道理的。

吃完路過酒吧安德魯，發現燈還亮著。其實裡頭已經收了，但酒保遠美小姐還是倒了杯茶和香之森的調酒給我。剛好背包裡有家裡寄來要拿去學校當餞別禮的烏魚子，早上領完貨便一直放在裡頭。拿出一塊給遠美小姐當禮物，她笑著問，這麼硬這東西阿醬能吃嗎？阿醬是遠美小姐可愛的兒子，會來安德魯的酒客常常帶阿醬的禮物給遠美小姐。嬰兒的衣物、小朋友用的三輪車，都讓遠美小姐感嘆這群老男人都不是為了喝酒才來酒吧的。我記得最有趣的是一個爺爺，我沒問過他名字，但和他在這裡喝過很多次酒。他常說我對酒的品味很好，但想來也就是京都人的耳面之語吧，這種老京都人的笑容和言語放三分力聽就好。今年秋天，爺爺的孫媳婦和他推薦了一款紙尿布，他便買了一整箱給阿醬。

想來在台灣，送生活用品給朋友的小孩多少有些顧慮，但在京都的安德魯卻不斷發生，所謂人與人的距離對我來說，又更神祕了。

和遠美小姐道了聲來年再見，出了門才想到，明年回台灣前還有空過來打招呼嗎？好像，這輩子應該沒機會再見到遠美小姐了呢！想到這裡回頭一望，安德魯的燈已經關了，心裡突然寂寞得無法閃躲。

十二月二十七日

想到就要回台灣，好多東西就要無法吃到，便慌張得手忙腳亂。一個衝動，第一次主動約起花子要不要吃午餐。兩人挑選了很久，發現漢堡排名店 Kitchen Papa 今年只營業到今日，便出發前往。

Kitchen Papa 在今出川旁，外頭是間米店，但裡頭卻是正格的洋食餐廳做法。漢堡排、炸物都十分精采，不過最有名的還是它每日從自家店裡配合當日的時節選用的米。不誇張，我是在吃過這裡的米，人生才開始思考，人類開始吃米，是怎樣的一個意義。本來兩人貪心地想要中餐吃完休息一下，晚餐再來吃一次，不過在完食時，我和花子都露出十分滿足的表情。

「我常覺得京都好吃的食物都有這種特性，吃完了會讓人感覺到滿足了的感覺。我吃飽了，很滿足，謝謝。謝謝這餐，短時間內我不會再吃漢堡排了，因為我真的滿足了。」

花子這樣形容。

十二月二十八日

讀到聖德太子的「世間虛幻，唯佛是真」，發現和日本憲法十七條有關，一時入迷便一頭讀了進去。又讀到源信的《往生要集》，甚是入迷，頭一熱便搭纜車上去比叡山參訪延曆寺。在京都就是有這種好處，書裡寫的東西都離自己好近，坐個公車大多就到了。

山上積雪，穿錯了鞋子，滑得淒慘。大殿內地板冰涼入骨。

回家時在叡山電鐵想著天台宗，最澄的「一切眾生悉有佛性」，旁邊日文的註解是，誰都有變成佛的可能性。所以最終，還是不變成佛不行嗎？

真言宗的空海和天台宗的最澄兩人其實是同時期的遣唐使，過去關係不錯，但後來仍因思想不同而訣別。但有說是最澄向空海借經書未果，並且還被他搶走了弟子，因而反目。日本人感覺更喜歡空海一些，很多後來的畫作裡，最澄的面目都比空海可憎得多。

我對真言宗和密教常有一種陌生感，和台灣的佛法又是更遠的存在了。倒是我十分喜歡空海的書法，在那個年代，他是和嵯峨天皇、橘逸勢並稱「三筆」的存在。他寫給最澄的斷交信，後世稱作《風信帖》，每次看到的時候，身體都像突然有根針在裡頭，不斷刺擊著各個感官。

十二月二十九日

中午吃超市的食物。周圍的店大約都已休息，本來想著需不需要買些食物儲著過年，但花子說不用擔心，過年時吉野家什麼的都還是開著的。

前幾個月，花子在清水寺附近的料亭兼了份工作，那陣子每天會去忙著打烊的石板路上等她下班。沿著二寧坂走過高台寺，到山下的公車站一起搭車回去。花子總笑我怎麼會被清水坂那些專騙觀光客的櫥窗吸引，我也很無奈，我不是觀光客難道會是個京都人嗎？

後來她身體好似出了點問題，便不去做了。

最後一日上班，我倆路過星巴克二寧坂茶屋店，一組客人剛自裡頭離開。雖已近打烊，但以第一家榻榻米星巴克為賣點的最新京都星巴克，自開幕以來話題滿點隨時客滿。看上有點機會，便走了進去是否還可內用。店員不知是不是接客人接得麻木，面對我倆用日文的問題仍是以 Sorry, no 來回答。花子問是否可以單單上去看看就好，店員仍露出微笑說了 Sorry, no.

花子今天才回老家，她說新幹線的票貴，前幾年自己是不回家的。現在想來，以前看漫畫沒有注意，但現在感到，日本人一年回家的頻率和時間真的不多。比之台灣，果然面積大小的差別會給人完全不同的生活經驗。

不想看書，便開始收拾行李。

十二月三十日

雖不想存食物過年，但麵包肯定是要存的。一早騎去北山，一連掃了 Marry France Kitayama、Radio Bagel、Grandir Shimogamo 三間麵包名店的人氣商品回家。路上想說感謝一下星巴克東京都之神這年的照顧，便繞去三条店送麵包給他。

「雖然不是咖啡，不過你送別家店的麵包給一個星巴克之神還是挺尷尬的。」星巴克東京都之神說：「特別是這三明治真的很好吃。」

是吧，Grandir Shimogamo 的三明治真的很猛。

「我以前剛到日本時啊，一直反對我們家店員把抹茶那個奇怪的東西加進菜單，直到有人做成麵包，我才勉為其難地接受。不過你前天不是已經送烏魚子了？台灣人好愛送禮物。」

三条大橋上的冷風也真的很猛。

吃完後，星巴克東京都之神說為了感謝我，邀請我參加明日的星巴克之神聚會。

十二月三十一日

我不知道星巴克之神原來那麼有門路，所謂關西星巴克之神忘年會居然辦在了京都御所。這是我第一次進來，不過應該這世界大部分人一輩子都進不來就是了。

不是人形的星巴克之神比我想像中少很多，而且大家的稱謂都有所不同。嗓門最大的是星巴克大阪兄弟，雖叫做兄弟，不過和放浪兄弟是一個意思，成員人雖很多，但大部分人都是負責跳舞的。

星巴克西京都之神身體欠安，沒有來參加。

「要知道如果用貓的年紀計算，那傢伙已經七十歲了啊！我們這群人裡面最像妖怪的就是她了。」星巴克東京都之神說。

在一起搗麻糬時，我認識了星巴克和歌山堂姊。和歌山好像是一個家族，裡面一人只有一間店鋪。星巴克和歌山堂姊是和歌山縣立醫科大學附屬病院店，眼睛細細的，瘦瘦高高綁了個馬尾。

「聽說你就是喜歡花子的那個少年？」

星巴克東京都之神真是大嘴巴。

「來嘛少年，說說看，為什麼喜歡人家？」

禁不住她的質問，我說：「她每對我笑一次，我就愈疑惑，我是不是做了什麼事讓這個世界更好了。」

「哇，姊姊聽得都臉紅了。」

星巴克和歌山堂姊跟我介紹和歌山是怎樣的一個地方：「我們旁邊就是關西空港，卻是全日本護照持有率最低的地方。因為是個半島，你只要進來，再往前只有海，沒地方可以去就只能待在這裡了。天涯海角，過了這個港就沒那個山了。和歌山其實有很多外地人，但不管是什麼原因來這裡，都會待上很久。可能是為了躲避在城市的壓力，或者跟原本居住地的團體有磨擦，大家才會跑來這個不太需要交流但什麼事都不能鬆懈的地方。」

「不過也是這樣，這裡的人一旦決定離開這裡，就很難再回來了。」

「我覺得和歌山人在說再見時特別的輕巧，那是大家長久以來的堅強。因為知道要離開一個喜愛的生活，一群熱愛的人們是需要多大的決心，所以用最小最小最最小的真心的和那些要離開的人說，再見，去外頭闖吧！每一種告別都是保重，每次見面都是最後一次。」

「少年明年有什麼目標嗎？」星巴克和歌山堂姊問我。

「沒有耶，想不到。堂姊妳呢？」我回答。

「我嗎？我想要辦個護照，去國外看看。」
「真的嗎？去哪裡？」
「不知道耶，去哪好呢？台灣嗎？去台灣讓少年帶我逛逛？」
「好啊。一言為定。」
「一言為定。」
「要先想辦法提高店裡營收啊！」星巴克和歌山堂姊嘆了口氣：「不過在醫院開店客人很多也不是什麼好事。」

星巴克東京都之神、星巴克大阪兄弟裡的老大和星巴克奈良神鹿三神手搭在彼此的肩膀上，在會場中央大聲嚷嚷，大家的情緒也隨著咖啡因劇烈擺盪著。
「打倒關東星巴克！中目黑星巴克臭婆娘下台！」
「明年要不要一起跳槽到 TULLY'S 啊？」
「鹿仙貝新口味！」
雖然在如此混亂的場合，但還是讓人感覺自己身處京都。
「新年快樂。」星巴克和歌山堂姊舉起手中的和三盆肉桂牛奶星冰樂，我也舉起手中的芒果百香果星冰樂。

「新年快樂。」

一月一日

一切都沉浸在藍色的朝靄之中，靜候黎明。我們在冷得要命的空氣中差點凍僵，以天亮前的街道為目標準備降落。

忽然她湊近我的臉，叫道：「南無南無！」

她亮亮的眼眸投向的，是大文字山後方、如意嶽方向鮮明的朝陽。陽光將她雪白的臉頰映得好美。

我們看見新的早晨如倒骨牌般，在沉浸在藍色朝靄中的街頭迅速展開。

森見登美彥〈魔感冒戀愛感冒〉

一月二日

花子傳訊說在老家受了風寒，過了個讓家人擔心的新年。

一月三日

買了星巴克烏丸店的兩種雪球餅乾禮盒櫻花加抹茶的給花子當作禮物，希望她的身體趕快好些。

「你還真是去買了個好東西。」花子說。

不過花子聽到的版本，不是星巴克東京都之神所說的，這禮盒是三大聖物之一可以騙過死神的食物。

「我聽到的是四大神物版本，星巴克西京都之神和我說的。烏丸店的兩種雪球餅乾禮盒櫻花加抹茶的、出雲大社店的限定馬克杯，還有芝大門店店員下班太累遺忘在那裡隔天要用來求婚的婚戒。」

「聽起來好像比三大聖物難取得一點，不過為什麼只有三個，不是叫四大神物嗎？」我說。

「喔，還有一個喔，祕密。你可以去找啊！」花子頓了一拍：「可能在這個世界的任何地方喔！」

一月四日

房間收拾不完，一整天都在收行李。搞到半夜還在弄，吵到了隔壁的花子，敲了我的房門進來陪我一起整理。兩人談了很多事。

一月五日

從樓梯搬下行李箱比想像中困難很多。

計程車來的時候，我伸出手打算和花子握手。

「你在幹嘛？」她把我的手撥回去。

「兩隻手，伸出來。」花子說。

我把兩隻都伸出去後她腳尖踮起來抱著我摸我的頭：「不要懷疑自己，在台灣小心。」

飛機上看到的雲有一朵長得很像星巴克奈良神鹿。

……

三月三十三日

下了飛機直接就到了京都。看著鴨川，那麼多年了，說什麼都沒變那一定是假的，只是仍和自己有時夜晚長長散步時，腦裡浮現的景象沒太大區別。

人生第一次走進星巴克三条店，沒看到神的蹤影。想來是長大後書讀得少了，被這北白川ＭＬＡ野獸嫌棄，不想見到我了吧！剛好有個靠窗能見到河的位子，點了杯季節限定的春天拿鐵坐上，這才發現椅子上有一把黑色折疊傘。外頭的確似有若無地下著小雨，看那傘的樣式古老，不知是怎樣一個人把傘留這裡的。

春天的魚箔，若不談花名，三四月亦是紅梅紋繞。野溝中堆滿楝花的花瓣，頭上櫻花花苞像男孩的小小笠帽，鼓脹有如寺前自飛簷滴落的水滴。裡頭僧人一聲聲僧嘯，光景爛漫，淡月褪歌。

幾個月前，花子傳了訊息。那是一個京都遊客消失的日子，她走進了星巴克二寧坂茶屋店。店員說要等兩組客人就好，大約十五分鐘。於是，她一個人在榻間裡等待，想著應該點什麼。

青空徒待聲濃，窗外花漸影遠，該盼日子快些還是遲些好呢？夕空的橘不知是否應該料峭，卻也只是小春日和。

最後的神木

手裡的奶油螺旋麵包吃到最後一口，幾分鐘前下課鐘響，坐在滿是油漬的學餐桌子前等阿坤的林晴才想到，大意了，不該邀他去她的房間的。

有些事情總是要想到，才會發生，一想到就不可收拾。才想到房間裡的那個東西，她就看到阿坤顯眼的身影出現在學餐的入口。這間學校的學餐在一個半地下室的空間裡，長年的濕氣，悶與熱，各種味道在裡頭不斷發酵像個口袋。所以那唯一的入口灑進的自然光，明亮的矩形總給人一種清醒的感覺。不太繁瑣，外頭的世界，只有太陽或下雨，沒有下禮拜要交的莫名奇妙《說文解字》報告。

阿坤今天和她見面，便是為了這份莫名奇妙《說文解字》報告。認真來說，這個文字學的報告，貌似是這個學系大二最為重要的一個作業。如果沒完成，大三的聲韻學、大四的訓詁學都無法進行。阿坤雖然和她一樣是大三，只是整個大二都跑去日本交換，還沒上過課，今天和林晴約在學餐要拿她的書。她雖然也忘了那份莫名奇妙報告要怎麼做，不過好歹自己已經上過整年的課了，整本書裡有些筆記或許是幫助，比重新買一本好上許多。但《說文解字》整本太重，她不想帶來學校，於是叫他下課後一起去她房間拿。

「嗨。」手上提著兩杯飲料的阿坤和她打招呼：「給妳一杯。」

「什麼東西？」冰冰的，手的溫度讓水珠從拇指滑到手腕。

「星巴克。」

「哇，那麼好。」

「感謝妳拯救我的報告啊！」

林晴和阿坤，兩人在大一也不是特別地熟。阿坤是比較外向，喜歡被注目的人，而她還好。不過兩人也不是毫無交流的，從很多的場合可以感覺到，兩人都把對方放在自己的注意裡。不過這不是什麼好事，至少對林晴，她的留心是指記得許多他讓她感受到不快的瞬間。阿坤是個頭腦很好的人。她喜歡他的談吐、他經歷過的事情給他的感想和他對她所疑惑的事情的看法。但在他對她的身體流露出欲望時，身體和言語上撩撥她的坦蕩，林晴仍感到巨大的噁心。將對人的崇拜轉化為身體的渴望她遠遠無法。他的身體不是不好看，她相信他的ＢＭＩ正常，也有洗臉，可是對外貌的要求只有這樣的話真的太寬待男生了，林晴也不覺得有需要如此掉價自己。與他相比，她在床上的關係更願意和沒什麼腦袋但有車的細狗弟弟發生，不過這樣好像十足踩到他的痛點。不和他上床，而是和他覺得沒料的人打砲。

她大一時曾有幾次想和他解釋，這些東西不是可以彼此等價放在一起評量的，因為覺得他是可以溝通的人。不過大三的她已經知道，腦袋不是萬能的。阿坤不在的一年和各種男生交流後的心得是，如果男生不知道自己長得平庸，還是別去扯這些免得麻煩。

雖然阿坤從日本回來感覺有變，整個人在男女的進退上不再那麼横衝直撞，但她沒打算去驗證這件事情。

然後不知道為什麼，日本回來後這個男人變得爆愛喝星巴克的。

但上面這些，不是她後悔讓他去她房間的原因。

林晴的房間在進到學校的山道上，從行政大樓的水塔和建築物之間的孔洞穿過去。會有些累人的坡道上滿是軟濕的落葉，她帶著他往林子的密處走去。一棟長長L形的工寮，灰色的隱身被各式各樣的雜物覆蓋，洗衣機、破爛翻覆的小船、許多輪胎。打開鐵門，狹窄的走道塞滿亂竄的男鞋和女鞋，兩人從中間經過。類似的工寮在這座山上還有許多間，可能是以前蓋這間大學時留下來的，去到校舍上課只要十分鐘，但設備十分簡陋，勝在方便還有便宜，一個月只要八千塊。

她打開門，阿坤跟著進去，林晴從床底下抽出儲物箱，找到了《說文解字》，遞給頭頂上的他。

「好了，那我來走了。我記得妳等下還有事？」阿坤把書收進包包。

「咦，你剛剛不是說想上廁所？」

「不了，在女孩子的房間上廁所好像不太好。」

「哇，你在意這種事。」

阿坤笑了笑。

「下山的路知道？」

「我自己走。」

林晴把他送到了大門，隨後回到自己的房間。打開廁所的門，那個門設計很有問題，非常影響走道的動線。她關上門，站到馬桶水箱上頭，把頭頂的天花板掀開，伸手進去，拿出一個木盒子。盒子打開，全家福的照片下有她的祕密，一把手槍。

雖然覺得阿坤不會無聊到去站在馬桶水箱上，不過也真的，她完全忘記有這東西。剛剛在學餐，她才想起自己從不邀人來房間的原因，因為房間裡頭有把手槍。

簡單擦拭後，她把槍放到桌子上，在旁邊立起化妝鏡，打起底妝。本就照不太進來的陽光隨著時間經過又降低了一點亮度。

在快需要打開電燈前，她蓋上口紅，總算完成了臉部的妝。帶上昨晚就準備好的行李，她起身。房間裡四面牆壁都沒有貼海報，但是在最大的那面，床的對面，塗著有點髒髒藍色的正中央釘著一根釘子，上頭掛著一顆LV的包包。她穿好鞋子後，從牆上拎起LV，把手槍放到裡面，走出房間。

小的時候，林晴記得自己的家算是有錢的。有錢是什麼感覺呢？她其實不太記得。但她記得二〇〇八年的一天，父親非常疲憊地回到家，他的領帶已經鬆開，掛在脖子上。

父親和全家說，什麼都沒了，家裡沒錢了。

自那時起，她反而記住沒錢是什麼感覺。

房子被拍賣，一個禮拜後，收拾好或者被遺忘的，她都沒有帶離那間房子。太多東西被留在那裡，包括家裡的洗衣機。住在那裡的最後一個清晨，林晴是家裡最早醒來的人，或者說，她是唯一沒有假裝自己沒有醒，而是真的從床上醒來的人。她在那台帶不走的洗衣機裡發現了這把手槍，裡頭有四發子彈。因為各種原因，她相信那把槍是父親準備留給自己的。

下山的路直接通到校門口，何先生和她約好在那邊碰面。還有一點時間，她決定趁還有日光繞一下路，到後山看一下。

四發子彈，到目前為止，她只擊發了一次。在某個河濱。也忘了為什麼要開槍，可能只是想測試這東西還能不能用吧。像站在山頂小小涼亭中的她，也不知道為什麼，她看著慢慢隱沒在遠處的太陽，從ＬＶ裡頭拿出了槍，雙手手臂平舉，準星放進了視線，裡頭是燒得好像接近絕望，奶油般的夕光。一群不知名的鳥正在左方的天空振著翅膀飛向右邊，在經過光影分際之時，原本純白的身軀變成了黑色。她打出了第二發子彈。

撕破空氣的速度在山腳校園的頭頂響著，一圈又一圈，朦朧又清脆地剝落著。像螺旋一樣，以為是在同個地方不斷轉著，但其實離自己愈來愈遠。

她拿出手機，發現似乎要遲到了，連忙往底下街道奔跑而去。

◆

何先生是爸爸以前工作上來往的人，在幾年後再見到他時，林晴仍然能記起過去這個男人到家裡拜訪的樣子。過去還是個大哥哥，林晴會雙手撐在地板上，讓何先生提起她的雙腳，用手臂走過家裡那個頗大的客廳。

這也是身為自己主管的何先生在詢問自己，要不要成為他的被贊助者時，林晴第一個疑慮的點。

「你不是因為我是，以前需要跟他敬酒對象的女兒，才想贊助我？」

何先生的直率吸引了她，並沒有藉著什麼理由約她出去，而是兩人在茶水間巧遇時直接了當地問了她。

「不是。」

回答也很簡潔。

「那是為什麼？」

「沒有為什麼，妳長得好看又需要經濟支援。」

「你又知道我需要經濟支援了？」

「如果不需要我也不會勉強。」

另一名員工走了進來，兩人讓出咖啡機前的空間，並肩靠在牆壁上，沒有說話。

大一時就進公司，她一直覺得一邊上學一邊當保險業務是她這輩子做過最正確的決定。特別公司還是間叫得出名字的公司。當然，十分忙碌，基本可以說，不會有時間花在課業上。第一個學期她被當了所有可以當的科目，第二個學期，比較熟悉了，期中期末開始學會去和教授凹過關。雖然如此，忙碌也沒減少，和自己的同學交流少了，去學校只有麵包店的阿姨還認得她。但其實沒關係，反正都是去上學弟學妹的課，記得考試的日期就好。時間久了，她反而疑惑，真心疑惑，這些把時間都耗在大學裡的同學們，到底是在幹嘛？

業務上當然也不是一帆風順，不過似乎被老天眷顧了。在大二下時，好幾個同期進來的夥伴不做了，手上的孤兒保單和人脈都到了她手上。一瞬間，她又更忙了。離開的夥伴其中一個還是同校的女生，是個腿很長眼睛很大鼻子像狐狸的英文系，與其說不做了不如說不用做了，和大客戶的兒子交往半年便辭職，連學也休了和男友跑去紐約。身旁的業務像這種故事好多，在裡頭她知道自己和好看之間的曖昧，這也是讓林晴懷疑何先生動機的原因之一。

不過她十分滿意自己這份打工。特別愈是接近畢業，當師長和同學都開始討論平均月薪時，她每個月拿到的都已經比那數字不知高出了多少。她自己有能力買下名牌包，在媽媽生日時也可以請全家人去吃飯店裡的吃到飽餐廳。

英文系出發前，兩人在學餐約了吃飯。

「妳覺得妳在美國會懷念這裡的食物嗎？」林晴問。

英文系用筷子夾起一顆水餃。

「我覺得，很難耶！」

「也是，也沒特別好吃。」

「是很難吃吧！」

她把剩下的水餃，總共五顆，推過油膩膩的桌面給林晴。

「妳如果想吃就吃吧！」

「不要。我一直不懂妳為什麼會喜歡吃這家。」

「隨便啦，誒我以後也給妳做，我們這邊真的很大。」

「我知道。大到妳都不用待在台灣了。」

「其實，原本我聽到得和他一起去美國，是打算分手的。」

「為什麼？」

「媽媽身體那陣子有點問題，不想離開台灣。」

「那怎麼變成追愛女子了？」

「我有一天，難得回學校上課。然後教授剛好不知道為什麼很感嘆地說，人這一輩子能夠叫奮鬥的，只有在年輕時，很短很短的幾年。過了那個年紀之後，就算自己做同樣的事情，也會像魔力消失一樣，再也成功不了。」

那名員工把紙杯握成一坨丟進垃圾筒，從茶水間離開。

靠在牆壁上時，林晴想到這些。特別是何先生的贊助邀約，讓她想起英文系的這番話。

何先生站到咖啡機，又按了一杯濃縮，用兩根手指圈住杯沿。

「這樣吧。」何先生說：「我這個週末要回山上，妳一起來吧！」

「嗯？」

「我的老家在拉拉山，每隔一陣子就要回山上喝口雞湯。」

「但，為什麼要我一起去？」

「妳可以當出去旅遊吧！然後我贊助的另一個女生本來就要一起去，她大妳幾歲，已經受我贊助一陣子了。妳可以問問她一些妳有疑慮的部分，讓當事人來回答應該比較有說服力吧？」

「我想一下。」林晴低頭思考，何先生盯著她仰頭，喉結一動，嘴角滴出一點咖啡。

「那女生也是公司裡的人嗎？」

「不是。」

◆

因為方才車上的自我介紹林晴知道眼前的女子叫佳蓉。以外形來說，是個比較偏可愛的女孩子，身上一切都可以用圓形包裝，還有一雙十分白嫩的大腿。看她的皮膚，林晴甚至覺得自己是比較老的那一個。

出發的時間不早，何先生把車子停在途中一間山產店處理晚餐。三人隨意點了自己想吃的東西，一大鍋很多丸子和腐竹的熱湯，一大盤油亮亮的雞、白切豬和桔醬，還有一些青菜。隨後繼續上山，佳蓉和林晴在後座都有點疲累，當到達拉拉山民宿時，兩人都是從夢中被叫醒的。

何先生要回老家去住，於是他幫兩個女生在山上訂了一棟民宿兩個晚上。民宿的老闆在客廳看著胡瓜的主委加碼，好像是何先生的親戚。在何先生走後，老闆把鑰匙交給她們，解釋了晚上放著水龍頭讓它流一點點的水不然外面水管會結冰，燒水要等一會兒，如果晚上要出去的話鞋櫃下有手電筒和頭燈，並叮囑有哪些東西不要碰。

「那個也不能碰吧？」

林晴和老闆順著佳蓉手指的方向，電視上方的展架，被幾個透明收納盒折射的黑暗裡，隱隱可以看到一把槍的輪廓。

「喔，我都忘記它被放在這裡了。」老闆把它拿下來：「這是你爸的。」他轉頭對何先生說。

「要我拿回去給他嗎？」何先生問。

「沒關係，他愛放哪裡就放哪裡。」

「這會很重嗎？」佳蓉靠到兩人旁邊，眼睛盯著扳機的位置。

老闆頭歪向一邊，想了想：「應該不算太重，但，女孩子最好不要碰這種東西啦！」

老闆把槍放回展架上。林晴注意到，獵槍比原本的高度還高了一格，老闆需要踮起腳尖才能搆到。

「好啦，那妳們入住我就要來回去了。」

「老闆你住哪裡？」

「內湖。」

「蛤，所以你是為了有人入住特別上山？」

「對啊，那個路我們開熟了都很快的，沒事。」

老闆一離開，屋子裡的音量瞬間接近於無。何先生整路並無特別帶話題，林晴和佳蓉便也一路沉默以對。兩人只有簡單地溝通誰睡哪裡，誰先洗澡。

浴室傳出蓮蓬頭的水聲時，林晴下顎伸張到最大，眼睛瞇得感覺皺紋都要出來了，冷冽的高海拔空氣灌進了她的呵欠裡。手中拿著遙控器，她側躺在客廳的沙發上，頻道在電影台和日本台之間來回盤旋著。

◆

過了停車場，森林在一個臨著谷地的U字大彎後吞沒了三人。本來下車時還費力穿上的雨衣，在進入葉木交叉的山林後，一下變得不太需要。垂直落下的雨滴被平行飄漫的濕氣取代，毫無聲息地偷偷握緊林晴和佳蓉的髮梢。

一個夜晚和一個早上的相處後，兩人明顯有比較多交流。佳蓉正含下林晴遞過來的硬糖，甜甜的，咖啡口味。何先生走在前頭，穿了條牛仔褲，腳步輕快。林晴暗自詫異，在公司完全看不出來這男人平常有在運動。

佳蓉和林晴在一個三叉路口趕上正在等待兩人的何先生。

「三條路，不要跟我說又是往上那條。」不是什麼很激烈的運動，但三人也是在山裡走了一個小時有了。

何先生指了三條路唯一爬坡的那條，轉身邁開步伐。

「幹。」

「那邊有垃圾筒。」佳蓉指了靠山壁的涼亭，外著站著三個大大的鐵筒。林晴點點頭，兩人走過去，用手撞開鐵片，把手中硬糖的外包裝紙丟了進去。接著跟著何先生的方向，開始重複地登階。

「我剛剛啊，本來有點擔心那個垃圾筒。」佳蓉說。

「擔心什麼？」

「想說在山那麼裡面突然有個垃圾筒，會不會很髒亂，都沒人照顧垃圾堆到腐爛。」

「喔，不過它超乾淨。這裡都沒人來吧？」

「不會到沒人吧這裡，今天就很多觀光團也在啊！」

「那就是每天都有人清。」

「對啊。我剛剛也有想到，這裡應該是林務局或什麼之類的，總之有人天天會來清理吧！」

「台北市現在走在路上要找個垃圾筒有夠困難的。」林晴擦了額頭，不確定是汗水還是雨水。

「真的，跟小時候比消失了好多。」

「妳是台北人？」

「嗯。」

「真不知道哪個比較荒謬，不過我聽起來都怪怪的。是台北現在街道上沒有垃圾筒，還是在拉拉山上有垃圾筒而且每天都有人在清。」

「不過換個想法，兩個聽起來都滿正常的！」

「妳還真能換個想法啊！」林晴一邊苦笑。

兩人對話到這時，林子的深處傳來一個被悶住的響聲。並不會太大，像個泡泡厚重地破裂，或是那外層是好多好多床的棉被壓住。但佳蓉好像還是被嚇到，她停下了腳步。

「怎麼了？」林晴撞上本來距離只有兩階的佳蓉。

「那是，槍聲嗎？」

「不是。」

佳蓉一臉疑惑，轉頭往前剛好看到何先生，他也搖頭說不是。

「喔，好。」佳蓉說，馬上恢復了臉色繼續往前走，一邊問林晴：「妳怎麼知道？」

「我怎麼知道喔……」林晴想了想，用指尖點了點佳蓉的肩膀，把她的耳朵拉到自己嘴巴旁。

「真的？」佳蓉瞪大眼睛。

林晴點了點頭，並比了一根手指在嘴巴上：「有些東西一次就不會忘記。」

「到了。」在不知不覺間，兩人跟上何先生的速度，三人停在步道的終點。眼前的景象，即使是在一般人對高山的想像中也是很少有的。佳蓉和林晴抬頭仰望。

雨聲在山林間綿延不斷。

「這就是你剛在車上說的，那棵比較遠想讓我們看的神木嗎？」林晴問。

「是。還好吧？應該沒到真的很遠。」

「是沒有。但有點訝異後面的路不是步道而已。」

兩三隻鳥振翅的聲音。

「雖然這棵樹的說明牌上寫著，中間那道裂開是閃電劈的，可是我祖父和我說過一個故事，雖然我只有從他嘴裡聽到，從沒辦法確認真假，不過，我一直記得。祖父說那不是閃電，而是他放火燒掉的。」何先生站在解說牌前，上頭的字早已模糊：「照他的說法，日本人從前拖著大砲帶著槍，來我們這個地方，把樹砍了，搭著船去蓋明治神宮。現在我們還能看到的，都只是當年來不及、躲藏於山高處還沒被找到的巨木而已。」

何先生從外套口袋裡拿出一個淺淺的皮革袋子，輕輕倒出裡頭的眼鏡。林晴不知道現在這個地方有什麼需要眼鏡來看清楚的東西，但她還是讓注意力跟著何先生的視線和嘴巴。

「但就我找到的資料，這裡的山不是林場，送去日本的樹也不是我們這裡的。」

「所以，他騙人？」佳蓉出聲。

「這題的答案，我不知道。」何先生頓了一下，繼續說：「後來他年輕的時候，那時國民政府派了一些技師上來我們的山，然後他去帶路。帶他們測量這些巨木的腰圍、年紀。這棵是最後一棵，也是最老、最大的一棵。大到那個時候技師們帶的儀器測不出來有多大，所以他們只好請美國來的技師帶著美國的器材上來測。」

「美國人上來看到後，說太晚了明天再測。那個晚上，他威脅我祖父偷偷把那棵樹燒掉。」

「為什麼？」

「因為，他一看就知道，那樹大到破了世界紀錄，比在美國最大的那棵紅檜還大。但這不能發生，所以要把樹燒了，再偽裝成天氣造成的意外，就沒有證據了。而祖父是那時族人裡最年輕力壯，可以在夜裡單獨進來這座森林的，所以必須是他來做。我們家裡其實一直習慣叫這些樹巨木，但不知道為什麼，大家都習慣叫他們神木。我每次看到這棵樹木，還有祖父說的故事，心裡便會有點沮喪。神是什麼呢？」

雨勢似乎變得大了一點。

「這些是真的嗎？」林晴問。

「不知道。跟剛剛那題一樣，我沒辦法用是不是說謊來判斷他，我只能跟妳說，這是我祖父和我說的。」何先生說：「不過我們家裡真的有個親戚嫁去了美國。祖父說，當年就是家中這個妹妹在平地認識美國技師，還愛上了人家，那個人才有辦法威脅他去做的。」

林晴不知道應該說什麼，貌似和雨聲切磋商量後，佳蓉先開了口。

「你有聽家裡別的人說過這個故事嗎？」

「不太確定。但我知道祖父以前常講給我爸爸聽。」何先生停了一下，繼續說：「我爸爸以前是做銑床的，他有自己的工廠。我年輕時很長一段時間都在那邊磨練，做了很多職位，也是這樣我才會和妳爸爸認識的。」何先生看向林晴，佳蓉眼神閃過疑惑，看向林晴，不過很快地恢復正常，也沒有發問。

「我在工廠裡最喜歡的一個部分，是那些機器旋轉的時候。旋轉得愈快，物質會變得愈銳利和堅硬。就算只是紙，軟軟的東西在快速旋轉後，都會變得好像可以切割任何東西。但一直加速，最終物體將會無法抗住強大的離心力，分崩離析。我和我的祖父不熟，但我爸爸一直說，祖父是個純真的人，很乾淨，像一張白紙一樣。不過純真很可怕，放肆的純真，就像高速旋轉一樣，會輕易地切開別人不想暴露的黑暗，還一無所知。所以，他一直跟我說，對你祖父，相信就可以了。」

「我的祖父是在某一年的大年初一一早出門散步失蹤的。他不常做這個動作，我那天是唯一看到他出門的人，那時只覺得，這個老人挺複雜的，心裡不知在想著什麼才會出門。但他再也沒有回來，我一直記得那個早晨的光。也許是前一天除夕喝多了點酒，身體有些不適。反正，他就這樣失蹤了。那感覺很不真實，我那時整個春節只想著，那誰來開車下山呢？因為以前山上的路很難開，我們家一直是他載我們上山的。我對要在山上生活很久的恐懼，遠大於他的失蹤。」

何先生說完後，發覺口有些渴，拿起了水瓶喝了兩口。

不知不覺間，林子裡透進光線角度又傾斜了一些。

「走吧。」

林晴覺得第二天晚上的溫度明顯比前一個黑暗更低，今天是她先洗澡。熱水不太穩定，她站在冰冷的磁磚上，看著蓮蓬頭噴出的水柱，身體被更深的涼意繞捲。終於，她下定決心，吸了一大口氣，把滿是泡泡的頭送進山裡的冰水裡。

佳蓉看著身體打著冷顫的林晴走出浴室：「還是沒有熱水？」

「對。」

「那我還是晚點再洗好了，妳趕快去吹頭髮。」

林晴把插頭插上，坐在佳蓉旁的沙發上。吹風機的聲音蓋過電視，但兩人還是都把視線放在節目上。兩人用電熱壺泡了一杯茶，還有一杯熱可可，這期間佳蓉兩次去浴室確認有沒有熱水。

「還是沒有？」林晴問坐回沙發上的佳蓉。

「對。我在想，是不是我們進來前外頭燒水的那個水塔其實沒有打開。」

「有吧？沒有嗎？」

「我們有去開，但會不會其實沒開？」

林晴想了想，有這個可能性。昨天是老闆幫她們開的，今天出門前關了之後，回來打開是她們第一次操作：「要去看看嗎？」

「有點遠耶，還要走過前面車道到上方的菜園。」

「有頭燈，我陪妳去。」

「妳洗好澡了耶！」

「就賭是沒開好，我現在超想再洗個熱水澡的。」

佳蓉思考片刻：「確定？」林晴大力地點頭。兩人重新套上厚重的外衣，從鞋櫃下抽出頭燈戴上，打開大門。外頭沒有任何光源，出了玄關之後，迎接她們的是無邊的黑暗和微微小雨。兩人打開開關，頭燈也只能照出自己前面不到一公尺的範圍。佳蓉把手勾上林晴的手臂，讓她帶著她往前走。

「妳怎麼好像很熟怎麼在黑暗中走路？」佳蓉的速度明顯比林晴來得慢。

「喔，我現在住的地方也是一到晚上就沒燈的一個半山腰，所以常常要摸黑上山。習慣了。」

鞋底和路中小石子磨擦，滾落與粉碎的聲音混在一起。

兩人摸到了水塔邊，找到開關把旋鈕左右轉，轉到一邊的極限，林晴又加了更強的力道，把開關壓了過去。加熱的裝置咆哮了一聲，在兩人腳邊處亮起了一顆紅燈。

「看來，真的是沒開好。」

走回民宿的路上，下坡的關係，林晴放慢速度等待佳蓉。泥土軟潤的觸感，和葉子被踩踏的聲音一起傳到身體裡。等兩人到了同樣的高度，林晴突然想到什麼般的笑了起來。

「誒，」她說：「我們來玩一個我回家路上很常玩的遊戲。」

「什麼遊戲？」佳蓉問。

「玩嘛！」林晴拉著佳蓉的手臂前後晃著。

「怎麼玩？」

「現在，來，閉上眼睛。」

佳蓉閉上眼睛。她聽到額頭上傳來喀嚓一聲，看來是自己的頭燈被關掉了。接著，又一聲喀嚓，林晴也關掉了自己的頭燈。

「好，可以睜開眼睛了。」

眼睛一打開，佳蓉瞬間感覺自己被黑暗俘虜了。五感被剝奪，一切都陷在好沉好沉的黑暗中。身體的一切變得敏感，眼部肌肉顫抖地收縮，似乎是慌張地想要重新計算出身體和四周物體的距離。反而最為冷靜的是心，在完整的，取之無盡的黑夜裡，她的思緒失去了著力點，一個個零散地從腦海剝落，掉進無法看見的下方後，就沒有東西再去塞滿自己的心。而那些空白的，逼使她重新用詞語去構築陌生全新的世界。黑暗是什麼？自己是什麼？風吹過樹的聲音是真的嗎？模糊之中，她的視線似乎開始慢慢適應，可以擁有一點的物體輪廓。

「我只要晚上回家啊，都必須用手機的燈光才能看到眼前的路。」林晴的聲音在旁邊出現，說是旁邊，但她完全無法確認是在哪個方向，只能知道靠得非常的近。林晴的聲音繼續說著：「當然，山下的城市會有光，不到全暗。只是有一次吃尾牙弄到很晚，回來時真的是什麼燈光都沒有。我的手機好死不死，在到家前沒電了。鏡頭燈暗的瞬間，那是我第一次看到完全的黑暗。」

「後來，我就常常玩這個關燈的遊戲。很神奇齁，我那時才知道，原來黑是這個意思，這樣的世界才叫黑。自己的身體變得好陌生，不過同時又有一種奇怪的感覺是，這個陌生的身體，才是真的，真的自己。這是一個玩著玩著就會上癮的遊戲。」

林晴的聲音稍停，雖然只有不到十秒，她就將兩人的頭燈打開，說好啦，別看太久，會被黑暗吸進去。但這短短的時間裡，佳蓉的靈魂好似已被吸走了一部分。在那瞬暫卻永遠的沉默裡，佳蓉想到了孤獨。然而不是黑暗帶給她的孤獨，而是孤獨的無用。無論再怎麼孤獨，都沒辦法用自己的單獨一人去證明內心任何期待的可能。自己把自己關住，這件事情最終只會變成過於魯莽地覺得，自己對周遭所有事情都必須回應。如同身處黑暗之中，這時如果有任何的外界的探觸，任何一絲撕裂黑暗的光擾，自己必將用過度的力量去回應所有。於是，孤獨使人過於忙碌，在不斷來回辯證什麼是自己的時候，捨棄、否認、疑惑，最後慢慢喪失自己。如果想要讓這個在黑暗中認識的自我，這個在這瞬間無限認定就是自己靈魂的感覺陪伴自己餘生，或許唯一方法，是擁有一片黑暗，一個不會有任何刺激，直直面對著無明的黑暗。

再次亮起的頭燈燈光刺眼，佳蓉的眼睛被刺激得不停眨動。

子夜過後沒多久，山林傳出聲響，驚醒了已經就寢的林晴。這次她確定，那是槍擊發發出的聲音。她撥開身上的被子，顧不得光著的腳掌和地板的寒冰跑向佳蓉的房間，卻發現她不在。她連忙返回自己的房間，打開LV包。本是想要拿出手槍自衛，卻沒想到裡面空無一物，讓她冷汗瞬間流滿背脊。她向後坐倒在地板上，一時間不知道該怎麼辦。等她意識回到線上，她沒有打開任何電源，雙手摸著牆壁走到了客廳。她衝進客廳，使勁地把單人沙發推到電視機旁邊。雙腳踩了上去，剛好可以從電視上方取下了那把獵槍，雖然裡頭沒有火藥，但至少是個威嚇，她心裡想著。

在黑暗中，一切都會變得不一樣。

在她體感裡，天早該亮了有四、五次的時間過去後，腳步聲從屋外慢慢接近，林晴握緊了手中的獵槍。大門打開，佳蓉的身影出現。兩個女生的眼神望向彼此，林晴的緊張換來的是眼皮快速地眨動。與之相對，佳蓉雖面有疲態，卻沉靜得不可思議，瞳孔一下也沒晃動地看著眼前的林晴和客廳。她走進屋子，把林晴的手槍放到客廳桌上，這才摘下自己外套的頭帽。

林晴從頭到腳確認了眼前的人，在她走到自己的房門口時詢問：「外面在下雨嗎？」

「沒有。」林晴看著那個女生的背影，從身體邊緣隱隱透出的月光。與之一起流出的，是佳蓉聲音說道：「只是山上的霧好濃。」

◆

身材臃腫的蜘蛛人從眼前走過，一邊回頭和自己的朋友比手勢加吆喝，強調他要的拍照角度。一個沒注意，蜘蛛人撞到背後還在調整自己頭套的音速小子。這兩個大蘋果的觀光客看了對方一眼，想想算了，沒有道歉也沒有怒斥對方，就這麼分開。時間還沒到十點，雖然陽光已經出現，但強勁的風吹得所有人勒緊大衣的領口。開得過快的計程車急煞在人行道旁，時代廣場已湧入了今日從世界各地來的客人。

一大早弄完頭髮，林晴穿著整套咖啡色褲裝，選了雙跟鞋，坐在好不容易找到的位子上，綠色椅套已經汙損不堪，特別是那隻白色美人魚的尾巴。

阿坤端著咖啡和餐點從各種語言的人群中穿過，手臂上掛著一個星巴克的茶色紙袋。可能是出餐的順序拉得太久，黑咖啡放到桌面上時已經沒有熱氣了。不知是不是錯覺，林晴覺得那液體的表面好像浮著一層油光。

「我真的拜託你，」阿坤坐定後，林晴對他說：「不要跟我說你這次來美國就是來做星巴克巡禮的。」

「沒有啦，怎麼可能。」阿坤把紙袋放到桌面上，喝了一口自己那杯有奶泡的飲料，眉頭一緊：「順便而已啦，主要還是死觀光客行程。」說完他拿起叉子，從起士蛋糕敲下一小塊放進嘴巴裡。白色的盤子上刮痕很多。「原來紐約的起士蛋糕是這種味道。」

「有差很多嗎？」

「我覺得，有一個不上不下的起士味濃很多。」

「不上不下是三小？」

「就是，不是那種很好的甜點店很貴的起士味，也不是很明顯爛起士的味道。」

林晴搖頭：「到底在說三小，所以你買了什麼。」她指了指那個紙袋。

「喔，就一些時代廣場限定的商品。」他伸手進去，把包著紐約地圖杯子形狀、保溫瓶形狀和方形的東西放到桌上。折開了保溫瓶形狀，他看了一下底部：「四四‧二五美金，還要加紐約的稅。」他往前遞給林晴看：「媽的，然後還是Made in China。」

和阿坤短暫而久違地見面後，林晴回到了上個月上漲到三千六百元租金的房間。她抱著就要四歲大的狗，快樂地搔著牠的脖子。最近一直在考慮要不要搬家，在家工作兩年多，目前看起來公司也不打算恢復去辦公室上班，要不就搬到比較不是都會區的地方算了。狗狗跳離她的懷抱，腳步輕巧而規律地跑到房間的角落。

還是乾脆換個工作好了？林晴心裡想著。

剛剛阿坤講到以前大學的時候，明明也不是真的過了很多年，但卻好像很遠了。特別是那時，不知道自己為什麼那麼信仰銀行裡的一切。阿坤講到了他去以前她房間，那個在半山腰的工寮，她很訝異，原來那時這個人心裡在想這些事情。

「我那時真的快尿出來，不過妳那個工寮那邊霉味真的太重了，我一進去居然尿意就少了一大半。可能是那時剛從日本回來吧，住得太好，看到台北的租屋狀況一下子不能接受。所以能夠若無其事地住在那裡，我對妳瞬間敬意暴漲。」

「那個地方應該都是我們學校的學生吧，走道上的鞋子完全就是學生會穿的爛鞋。結果在妳的房間，不是有一面牆？那中間掛著一顆ＬＶ包。因為我知道妳的習慣，如果是別人給妳的妳一定拿出來說。但妳什麼都沒說就代表那是妳覺得很正常，應該是自己買的，因此，我又更尊敬妳了。總之，妳那時大學都在工作沒來學校，然後每次考試完又去跟老師哭要及格。那種生活，以前我可能有點瞧不起吧，會覺得我那麼認真準備考試，花時間在課業在妳們眼裡到底算什麼。我印象很深，後來大三時，不是有次期中考時間跟妳們員工訓練時間撞到，妳們幾個那時在保險的一起去跟老師說，結果還真的延後一週考試。我那時真的覺得超不爽的。不過我在妳濕氣很重的房間看到那個包包啊，我才知道，真正讓我感覺彆扭的不是我看不起妳們的生活方式，而是我根本沒有能力過妳那種生活。」

在櫥櫃底層的收納盒，林晴翻出了那顆人生中第一個LV包。她拿著包包放到餐桌上，拉開椅子，久違地想用手寫一封信給好久沒見的何先生。最後一次聽到消息，是FTX出事時。群組裡說他投了很多在裡面。雖然這個程度的金融人，應該不至於這點狀況就出什麼事，但還是無可避免地，林晴想到了自己的爸爸。

信寫完後，林晴把它裝入純白的信封，放進LV包包中。她想找一間比較遠的郵局把信寄出，走八〇號公路一直往東的話，時間應該還來得及去賓州。窗外陽光和煦，是個適合兜風的日子。她找了一條喜愛的絲巾圍上，坐電梯到了地下的車庫。開鎖的聲音和車前燈一起閃了兩下。

車子的門有點老舊，六角鎖勾住B柱裡固定扣時有一個好像要掉下去的聲音。扣好安全帶，她把車子開到車道口，等待鐵門的升起。陽光隨著鐵門的高度緩緩灑進陰暗的地下車庫。

……

親愛的何先生，以上就是我想說的關於我爸爸的事情。那把手槍和最後一發子彈，我在出國前放到過去我們一起工作過那間銀行的保管箱了，鑰匙隨信附上，密碼則是我的員工編號，希望你還記得。你收到信時應該到了續租的時間，如果不想要這把槍，你可以幫我續租。再次為突然打擾抱歉，另外，如果你和佳蓉還有聯絡，請代我向她問好。

祝 像星巴克的美人魚那樣游泳。

P. S. 我知道那是海妖，但美人魚較快樂。

林晴

川上的舞孃

「道路變得如藤蔓一般彎折，天城山山頂才剛進入視線所及，底下的杉木密林已在雨的踩踏下被白色覆蓋，發出激烈的聲音從山腳追趕著我。」

在半山腰的涼亭，若菱從身後的黑色包包抽出了一個牛皮紙袋，裡面裝著散列的筆記。有些年代久遠，紙張破損或是字跡淡到幾乎無法辨識，也有些只是打印出來的稿件，簡單的圈圈或三角形記號在上面。但不管是哪張，都可以很輕易地辨認出那是佳蓉的筆跡。把它們一張張拿起來，近午的溫度煽動著風，讓邊緣在木漏的光影裡輕輕地顫動。

「搬家時整理出來她放在我這邊的東西，想說你會有興趣。」若菱說：「裡頭有些案子連我都不知道她有接。」

「嗯，這幾張我都不知道是她弄的。」眼神大致掃過一遍後，我把它們輕輕放在石椅上用水瓶壓著。

「真是個神祕的人。」

「從日期看，那件事之後她真的都沒有接案子了耶，難道我們這行真的有所謂的封殺嗎？」

「怎麼可能。」若菱從其中拿了幾張起來，讓陽光穿透紙面：「我覺得她只是，覺得自己不需要翻譯了吧？」

一

我常覺得，翻譯就像渡一條長長的河川，一趟只能自己完成的旅程。我們的工作，是告訴那些生活在出海口的人，關於我們出發的上游，另一個語言的世界長得怎樣。但他們永遠無法真的聽懂，看不懂原文的人們對外文的想像總是填空題，彷彿河流的源頭就只是另一處類似自己居住的沙灘而已。

雖然沒和她們提過我這想法，但以佳蓉的個性，明顯不會受到這件事影響。對她來說，把東西正確翻譯出來是唯一要努力的事情。重要的是「正確」，就算對於正確這個字大家也會有不同的定義，但「正確」就對了，文字會告知你什麼是正確。至於讀者有沒有辦法理解她的譯文，從來不是她考慮的範圍。

而若菱，她是完全相反的類型。

大一上學期，因為座號前後而一組的三人，在報告前完全沒交流。那是我們系上必修的日本經典小說翻譯課，三人抽到了川端康成，而若菱和期中加入的外系學長起了爭執，在報告前三天說她不要這學分也罷，她不幹了。為此，我和佳蓉拚死趕了幾個通宵，總算填補了她的部分上台報告。剛入學的兩人臉皮都薄，只是不斷反省自己是不是有哪裡做錯，惹了別人生氣，不敢把情緒往剛認識的同學身上丟。

「不是啊，那些去日本交換一年回來就以為自己日語多屌，結果翻譯出來的東西錯誤百出。」若菱問我：「你接受的了？」

我搖搖頭。她說的沒錯，雖然我才看到剛出來期末考的成績，正在崩潰懷疑自己是不是其實根本不會日文，但翻譯這種東西麻煩的就是，好的翻譯需要經驗和努力，然後不會有人看出來。

「問他為什麼這樣翻，結果只會說我覺得。好笑耶，只要覺得就能活下來的生物。」若菱說：「啊我們剛剛考試的東西都塑膠耶，只有他們的程式語言是專業，正常人類的語言就聽懂就好不用那麼計較。啊就會聽不懂啊，那些死處男到底憑什麼用他們錯誤的認知汙染大眾？」

牆壁是白色的，椅子是紫色的塑膠椅。

「作為一個未來的翻譯，本系大刀期末考唯一的八十分以上的同學，妳覺得這種事是OK的？」從腰部旋轉上半身，整個人面向一直默默在旁的佳蓉質問。

「我不懂妳過不去的點。」佳蓉聳聳肩。

「我覺得比起妳不斷強調有所謂正確的翻譯，」若菱像是律師般質疑著佳蓉：「有些翻譯就是錯誤的這件事比較需要認真吧？」

「不會啊！」佳蓉說：「在意這個幹嘛？」

「那讀者萬一沒有從妳的譯文讀出作者要表達的意思，都不會覺得可惜嗎？」

「妳是指說，我翻錯嗎？」

「沒有，是妳翻對，但讀者卻因為被餵太多爛翻譯，之類的，反過來糾正妳應該用錯的翻法，到最後沒有辦法讀懂作者的意思。」

「那我沒辦法啊！」

「這樣讀者很可憐吧，需要翻譯就代表他們不懂原文，妳覺得翻譯給他們意思就好語氣錯動作順序錯都無所謂？」

「其實，也沒人在意吧？」

室內的風輕輕曳起陰暗角落的黃金葛。

佳蓉的頭髮有股秋明菊的香氣。

「就像妳說的，翻譯只要存在就是代表讀者不懂原文嘛！」佳蓉挺出胸部，正眼看著若菱：「本來就不懂日文的人不會因為翻譯就懂日文。所以大家覺得『正確』的翻譯，只是大家想像想看的一種中文，跟有沒有傳達作者的意思沒關啊！」

吸氣慢慢大過空調的聲音。

「不然你覺得呢？」佳蓉用眼神示意我幫忙。

「不用回答。」在我反應過來前，若菱就出聲了：「男人對這種問題根本不會有什麼建設性的意見，他們只想躲避任何問題 。」

看到我好像還想辯解，她轉頭瞪著我說：「你現在是不是只想叫我們不要吵架？」的確。我閉上嘴巴。

二

「你看！」若菱從中手上拿著一張傳單，上頭一個誇張的歌舞伎演員正擺著架勢，身後有著浮世繪那道巨浪。整張傳單的最上面，傳統藝能發表會，七個大字彼此歪斜地靠著。

涼亭的石椅很涼。

「幹，她居然連這個東西都還留著。」

「好懷念喔！」若菱輕輕地把傳單前後轉了一遍，指著下半部一個缺角：「這邊應該有一個武士跟櫻花樹是我畫的，她一定是討厭我把它故意撕掉。」

「想太多。」我忍不住白了她一眼：「妳最近還有在追嗎？歌舞伎？我記得妳以前喜歡。」

「早沒，有夠忙的。而且韓國的小哥哥啊，呵呵，那個才是真的嫩。」

「妳的呵呵好噁心。」

「呵呵。」若菱舉起右手假裝在嘴角擦了擦口水。

「妳為什麼會愛歌舞伎啊以前？我們去九州時還死命在行程中插了一個看歌舞伎的行程。」

「歌舞伎喔，」頭緩緩偏向左肩：「它有錢？比較，正面？我不會講啦！」

「無法理解。」

「我記得你喜歡的是能劇吧？」

「喔，對啊！」

「為什麼？」

「因為……能有面具吧，感覺就像給了該怎麼面對世界的正確表情範本。這樣對我來說可能比較輕鬆。」

「內心戲一堆。」若菱輕輕笑了一下：「佳蓉喜歡的是狂言呢，不知道為什麼。我們三個剛好一人一個。」

◆

「它比較輕鬆吧，相比其他。而且裡頭的人各種意志不堅定，我覺得我在這樣的世界能有空間活下去。」

轉角紅磚縫長出野茉莉的貓爪瘻，走過時小腿突然癢起來。佳蓉趴在吧台，試著用嘴巴吹起快被汗水黏在額頭的瀏海。

大一學期末定例的傳統藝能發表會，我和佳蓉一組抽到了狂言裡的「川上」。而我問她為什麼那麼興奮時，她說因為是狂言的劇目。盲眼老男人聽聞川上地區的地藏靈驗，於是前往祭拜，希望可以讓自己雙眼恢復光明。地藏讓男人視力恢復，並命他和自己妻子分開。這對早已各種摩擦的兩人理當不是難事，但等真正回到家，看到一臉怨恨的老妻時，男人又猶豫了。

「因為這樣喜歡狂言？」

「要在世界的舞台生存是很艱難的呢！」

佳蓉抽起這一劇目時，老師露出了慌張的表情，貌似忘了把這張籤先剔除掉。但佳蓉卻是興奮不已。

「我最近有點忙耶，可能沒辦法另外約時間，不然打工時你來店裡練習，反正也沒什麼客人。我請你喝飲料。」

發表會基本徒具形式，頂多是個大家同樂不用認真的活動。去年有個學姊的中文系男朋友來看，內容太過陌生，他睡到從椅子上滑下去。

但佳蓉就是滿懷幹勁。

「何のもっともとぬかしをる事があるものか。そちは妾を去らうと思ふか」

天花板的吊扇無精打采轉著，佳蓉左手放在胸口，右手四十度伸在半空中，小指微微顫抖，維持手拈蓮花的形狀。

「怎樣怎樣，你覺得行嗎？」雙眼恢復神色，興奮地把上半身向前壓滿我的視角。

「我不知道啦！我怎麼可能找出妳的問題啊？」

「那跟和泉流的老師比呢？」她指的是〇六年公演的版本，這幾個月我被她逼著看了可能有一百次。

「那當然輸慘了。」

她嘟起嘴唇。

「不是啊廢話，我們又不是日本人。」

「不能這樣，語言是公平的。」

我很無奈地吸了一口她請的飲料，今天是珍珠奶茶。

狂言有幾個重點，其中和肢體表演相關的「型」，所有人都知道自己不可能在短短幾個月內練成人間國寶，因此默契的標準是不要表演得跟小學話劇一樣就好。但另一方面和音調、韻律相關的「語」，對我們這些正在學習日文的外國人來說，就是唯一在發表會上真正必須下足功夫的部分。

「是說妳對發表會那麼認真幹嘛？」我問：「真不知道來看的人都是在期待什麼。」

「唉呀，不用管台下啦！」她從吧台下拿出椰果，加到我喝了一半的飲料裡：「你就想，全世界只有我們那麼幸運，明明爛成這樣還可以上台。在日本，很多狂言師練了一輩子都沒機會演『川上』耶！」

梔子花的淡雅和下午陽光，斜斜灑在我和佳蓉中間。

「也不是所有人都想演啦！」我說，又吸了一口，忍不住咳嗽起來。

「甜齁，我昨天不小心泡在蜂蜜裡了，幫我湮滅證據。」

「太甜了。」

和佳蓉開始交往那個夏天，我們整日關在房裡打ＰＳ４。

房間裡可以踩的地方不多，人中之龍遊戲片、衣物脫下亂扔、上次旅行帶回來沒吃完的福砂屋……腿比較長的我得用小跳躍才能在雜物之間移動。

她躺在床上，聲音從層層棉被裡傳來。

「若菱問晚上要不要一起吃飯，等她下班。」

「可以啊！」我專注在螢幕沒有轉頭：「不過不是前幾天才吃過？」

「對，四天前。」

「有點頻繁。」

「剛剛在公司不爽吧？」

「蛤？」

「有事情不順她心，馬上 Line 我。接下來幾個小時不斷在心裡模擬，怎麼把公司的智障在晚餐時講成殺人犯給我們聽。」

窗檯上站著三盆櫻草，最近偶爾會跟窗簾纏在一起。佳蓉買回來隔天就忘了，變成我在澆花。

「上禮拜跟上上禮拜你都沒專心在聽她說話吧？」

「我有。」我按了暫停，在血條見底前喝了一瓶補藥：「她就一樣很多不滿，讓人搞不懂為啥要跑去實習，明明是開給商學院的課。唉，反正人總是需要一些空間來說這些話嘛！」

佳蓉笑了一下。

「你好怕她。」

「我？」

「每次提到她名字，你就會停止思考，直接做選擇跟結論。」翻了個身，手肘的重量壓在床板上變成聲音傳過來：「但，她好像也只對你特別凶。」

螢幕裡，真島把醫生拉到旁邊，正說著耍帥的台詞：男子漢一旦握起拳頭，就必須有所交代。

「我只是覺得，她那種態度好自信，也沒看過她出錯。所以，跟她認真也只是白費力氣，所有善意都會變成偏見。反正她也不會因為我說了什麼而改變。」

「渴望自己所有意見都會讓別人改變，這個想法本身任誰都會討厭吧！」

「對不起。」

「幹嘛道歉？而且，她不是沒出過錯，只是沒習慣說出來而已。」

「我又不知道她什麼時候出錯。」

「這樣啊，」佳蓉笑了一下：「我可以跟你說一個小祕密，關於我觀察到若菱的小習慣。」

「她不是特別喜歡現在式嗎？」

我本來腦袋卡住，聽不懂這什麼意思。但想了想她在課堂和報告上的用語，好像的確。佳蓉繼續說：「而且，她對完成式特別感冒，不知道為什麼。」

「所以？」

「所以，就算是中文她也有這種習慣。你下次注意，如果她講話時不用現在簡單式，而是說了『了』，十有八九，她正在說謊。」

聽完佳蓉的話，我思考著她說的到底什麼意思，沒注意到何時離開床，佳蓉已經把頭躺上我的大腿看著遊戲畫面：「這邊快完結了？」

「對啊。」

牧村把花束放在地上，音樂從土壤底下傳出來。

「那女的到現在才知道真島為她做了這麼多嗎？」她問。

「對啊。」

「那幹嘛不在一起？都經歷那麼多了。」

「就，知道兩人是不同世界的人了吧！自己是黑道，對於好不容易脫離腥風血雨的牧村來說，這個身分只會讓她再次陷入各種是非之中，所以決定從旁默默守護吧！」

佳蓉若有所思，但眼睛很快瞇了起來。

「怎麼？」

「如果是若菱一定會說，男人自己搞了黑道出來，弄得天下大亂最後也把自己搞死之類的。」

螢幕裡，牧村挖出了被包好的手錶，發現是自己的。

「那怎麼辦，我好喜歡這種劇情。」

「我也喜歡啊！真島真男人。」她說：「而且，我覺得黑道存在的原因是人類，不是單單男生或女生就會有的。」

「真的嗎？」

「是喔，本來就是這樣。」

「我腿有點麻，可以移動一下嗎？」

「喔，好。」

她等我把腿伸直後，坐到我面前背靠著我胸膛。

「倒是我有疑問。以這個男主角的能力，在一開始他就知道不會和女主有好結果了吧？」她停頓了一下：「男生都是知道這種事還要愛嗎？」

「我覺得，他只是就真的愛上了吧！」

「為什麼？本能？」

「之類的吧，不想要以後再來後悔。」

「所以，你也想這樣做嗎？」

「嗯。」

「看來你也是真男人。」佳蓉從我腿上離開：「感覺我一輩子都不會懂男生。」

我突然疑惑：「照妳這樣說，如果有真男人的話，那真女人是什麼？」

「真女人？」她愣住了幾秒才說：「應該不用吧，女人就是女人，不會有真的假的問題。」

手機跳出通知，佳蓉趴回床上點開。

「若菱說晚上要順便確定冬天去九州的行程。」

「好喔。」我把遊戲退出：「剩泛舟還沒訂？」

「應該是。」

「妳真的不一起嗎？機會難得耶！」

「太激烈了那個，如果可以，我比較想搭著小船慢慢看沿岸風景就好。」

三

「人中之龍？」我從牛皮紙袋的底部拿出一整疊遊戲的對話腳本：「這個是她翻的？」

涼亭的石桌也是涼的。

「佳蓉沒跟你說？她那時很積極去搶這個案子耶！」

「我完全不知道。」一張張翻過台詞本，真島、桐生，那些在遊戲中再熟悉不過的角色在紙上碰撞，劃掉圈起各種顏色的筆跡顯示這是經過反覆確認的文件。

「她跟我說，玩遊戲的人是少數可能感覺到我們對於每個字一點點不同在那邊計較的人。而且，她還跟我炫耀，說她翻這個遊戲時時完全沒有依照她那無聊的『正確的翻譯』理論去翻。」

「真的假的？好難想像。」

◆

佳蓉畢業以後，好長一段時間我不知道她在幹嘛。也不是跑出去玩，若菱說她就正常按三餐配宵夜外出，其他時間只是聽到音樂聲從她房內傳出。

「她冷氣都開滿冷的，經過時連外面地板都有風漏出來。」

我問她是初音嗎？若菱說不是那系列，是真人的。她說：「佳蓉會聽一小段，然後暫停，一會兒又重聽一次。」

我傳訊問佳蓉，是不是身體不舒服生病了？她未讀一個禮拜後，說沒事。

我大約知道，她正在一邊聽一邊翻著歌詞。過去在校時，不找原文歌詞，看到文字會先朗讀出來，她習慣在任何文本花上別人兩三倍的時間。她相信文字不能代表全部，唯有聲音才是真實。

有著這樣想法的她在學校最後一年，是系上同學公認日文最好的學生。

但在翻譯上，教授們對她的評價卻很極端。中文母語教授喜歡她青澀卻十分新奇的切入點，幾乎完成了一種語言之間新的互文可能。在她的翻譯裡，完全感覺到她記得原文作者也是個人而去慎重處理的嚴謹。其中一位台灣教授說。

但日文母語教授大多無法接受她在兩個語言間選擇的平衡，那不是在翻譯日文，系上資歷最深的日本教授說。

那是用中文在表現日文。

不管是哪個，對我來說都顯得非常遙遠。我們是不同的人，我也沒辦法懂她。每當看到我和她翻譯的不同，總會讓我懷疑，我，是不是根本不是翻譯的料。

包括我們分手，她和若菱在一起，對我來說也像她的翻譯一般，是我感覺這輩子用經驗無法到達的地方。

「她前陣子把那輛機車給賣了。」

「賣了？妳說藍色那台？」

「對啊！」

「為什麼？」

「就生活所需吧！」若菱的語氣有點輕浮：「一個外系學弟買的。你也知道弟弟們根本對她各種乖巧。」

如果我沒猜錯，那台機車是交往一週年時我送給她的。若菱那麼自然在我面前說出來，就代表不知道這件事。

「誒你認識吧？我們上次去熊本，不是在球磨川遇到一群同校？佳蓉那次不是不敢泛舟嗎？先去終點等時，他們裡面有個弟弟也不敢下水就一起過去了。」

「誰？」

「就我們去八千代座那天下午啊，那時我們一直跟她說峽谷多漂亮，然後她都回我不懂啦。」

「怎麼好像有這回事又不太有印象。」

「唉，她不想懂啦。她對球磨川而言，就是個一輩子只在那條河下游某港口喝過一杯咖啡的人。」

畢業後的我並沒有直接進入職場，而是繼續讀了學校的研究所。開學時，因為佳蓉不在學校，所有人似乎都因此鬆了一口氣。她的厲害太過優秀，但好似沒人打算為這種厲害負責。這樣的人不在身邊，大家才找回做自己的勇氣，慢慢忘記她未知又理所當然的眼神。

「而且學姊說話時，真的不太管她用的知識或資料正不正確。她在意的是，現場沒有人有能力反駁她。」

我聽到這個說法後，為這群人幫自己的懦弱與懶惰無中生有的辯護方式感到憤怒。在課表上，我特意排滿以前總是稱讚她的教授。

當然，我並不奢望在課堂上聽到教授誇獎一個已經不在校園的人，但我非常認真地觀察他們對待學生的態度。不論最後發現，佳蓉是特別的還是佳蓉是不特別的，我想我都能從中原諒那些被我認定無知的人吧！

佳蓉的個性的確容易吸引到初次見面的人，但也很快，對話最後總是由她收尾讓有些人感冒。圍在身邊的人一代換過一代，在愈換愈年輕的同時，代代也都有幾人留下。清一色男性，或許跟她性格無關，這些人一開始都是被她外表給吸引，最後也是因為這個理由而留下。這些留下的人或多或少都對她人生可以有些幫忙，送餐的有車的會拍照的，每個人用途明確，就像一盒精美的工具箱。

我自覺我並不是那堆工具的其中之一，因為說到底，她在我身上找不到什麼可以利用的點。我後來漸漸讓自己相信，這個正是從前我們交往的原因。

若菱的工作倒是一直很穩定。作為老同學，她也很義氣地在我這個研究生沒有經濟來源時不斷發各式翻譯給我。

「我要找自己安心的人。」她說：「行銷部那個弟弟考過N2就一直煩我說他自己當地陪就好，那種程度訂單飛走的速度可能比新幹線還快。」

「我翻又不是保證一定能簽到約。」我說：「妳自己上比較保險啦真的。」

若菱用你瘋了嗎的表情看著我。

「我絕對不要跟那個國家的老男人有任何瓜葛。」

也聽她說過，公司一直希望把她榮升到東京的本社。附簽證、附四谷2LDK住宿、附每年六次東京台北來回機票。

「如果是你絕對會去吧？條件那麼爽，再怎麼慘也可以騙個北海道來的年輕妹子結婚，以後換她發給你簽證。」

話雖然不好聽，但我也沒辦法反駁。甚至，她精準地講中我心裡最私密的想像之一，其中包含讓我討厭自己的一些心態。

「可憐的日本女生對台灣來的溫柔男孩子不會有抵抗力的啦！」若菱說：「我如果到了那裡，可能也會變一個女生吧！」

「不過如果妳不打算接受上面對妳的安排，也不能一直耗在這間公司啊。」

「我知道。」

「我是覺得很可惜啦，大學時妳花了這麼多心力，現在好像可以收穫時，雖然不一定全如人意，但就這樣放著我會不知道妳一直以來在努力什麼。」

「原來你是努力一定會有回報派啊？」她衝著我笑了一下：「我可能只是，不想要自己的努力都是用來往上爬的而已吧！」

若菱搖搖頭，示意我不用再說話。

「我本來想買下她那台機車的。」

牆是白色的。

「蛤？為什麼？」

「啊，好累喔！」在山道的出口，若菱兩隻手舉向天空伸了個大懶腰：「最後沒能爬到山頂。」

「沒辦法嘛，再不下山天就會黑了。而且某人平時沒在運動突然要爬山，剛剛不知道休息了幾百遍。」

公車亭在一間大廟前面，幾個阿嬤雙手背在身後信步下山，走過偌大的停車場到邊緣的樹蔭下躲太陽。花圃的圍籬是黑色的，上面有些鐵鏽。一個穿著反光背心，像是警衛一樣的人在產業道路的連接口雙手前後甩動，腰間掛了個老式收音機播放著聲音時大時小的那卡西。

「哪有？十一遍而已。」

「那不是重點。」

「欸你晚餐要吃什麼？」

「不知道。」

「要我請客嗎？」

「哇，今天天要下紅雨喔？」

「天啊有夠老的梗。好啦讓你不用付錢，不過要幫我一件事。」

我點點頭：「我們若菱大小姐的問題當然沒問題，只要付錢的就是老大。」

「一言為定。」她伸出小指和我打勾勾，然後小聲地咕噥：「反正應該不是我付錢。」

「什麼意思？」

四

約莫只是幾個秋天前的事情。

點開產經新聞，聲明在 iPad 展開。不長，全文六百多字，下面有作家 M 氏接受媒體採訪的片段，白髮蓬鬆之下面孔熟悉。

若菱拔下了耳機。

「你的想法？我要真的。」

「我不知道。」我說。

若菱嘆氣。

「男人這時候只會說不知道。」

Line 新聞標題是這樣：丟臉丟到國外《川上》原作 M 氏輕斥台灣翻譯謬論。

「我感覺沒那麼嚴重。」

「對啊。他親打錯字。」

牆是白色。藤編的椅子是茶色。

「但，這整件事都很怪。」

「妳說台灣出版社態度？」

「也有。但作者跳出來批評翻譯，又看不懂中文，真知道自己在講什麼？」

我從若菱手中接過 iPad：「我不解的是，大家沒看過日文原著，吧？新聞一出來卻能直接咬定是翻譯的錯。」

「得了吧，要不要賭，根本沒人看過書，中文日文都一樣。」若菱說：「有問題的不是小說，更不是佳蓉的翻譯。」

螢幕上記者舉手發問，M氏一臉憤怒，一邊拍桌子一邊回答著問題。

「好諷刺。」若菱看著我，見我沒反應，自己繼續說下去：「居然剛好書名叫《川上》。」

「喔，最近幾年大家滿喜歡用傳統藝能的元素的確。」

「我不是在說這個。」

「我知道。」

指尖輕點著桌面。

M氏在日本已經出版十八本小說，台灣二十多年前買下他的處女作後，因為同時期其他幾位日本作家明顯更賣，出版社便也有一本沒一本地出，行銷上也並未在他身上下過多少資源。只是，M氏去年獲國際大獎後，隔一片海洋的台灣些微地掀起討論。

「這應該只是佳蓉接的第一本文學書翻譯吧？」

「對啊，我們這屆第一個接到這種案子的就她。」

「看來，應該也會是最後一本。運氣真慘啊！背景不夠硬，出這種事就算沒幾個人在意，出版社也懶得找她。」若菱雙手使勁地往頭上伸展，打了一個大呵欠。

「……我們確認台灣翻譯者在這次中文版裡包括章節調動等等的事實。此舉和作者原作所要闡述之理念與情節有所出入，基本已達到偽造文書疑慮，對此我方感到非常非常非常地遺憾。」

「隨意更改他人作品的樣子，是十分遺憾的。」

居酒屋椅子是仿屋台式的木條長凳。

「不過我滿慶幸，他自己出來開記者會。」若菱手中舉著烤串，露出小惡魔般笑容：

「這樣我就不用判斷這樣做可不可以了。」

「妳有看書嗎？」

「有啊，一出事就去找來看。有夠強的，根本寫得比原著還好了。」

「這才是真的翻譯可以做的事啊，用盡所有方式全傳達出作品。」

「你啊，」若菱咬著雞肉，每次開闔臉頰就像氣球一般吹氣放氣：「就是一直覺得現在翻譯很爛，然後好的翻譯可以改變現狀。」

「不行嗎？」

「沒差，這大概是在研究所才有的餘裕吧，出社會後就是錢錢的遊戲囉，誰管你什麼正確的翻譯。」她把竹籤丟進竹筒裡。

「但我覺得，反而在研究所，我更不知道什麼才是翻譯。」

經過多年，我知道誠實是跟她說話唯一不會太累的方式。

「你確定你是在翻譯？」她說：「我怎麼覺得你一直更希望的是別人聽你的話？」

「沒有吧？」

「有，而且看你最近的案子，感覺你很喜歡翻成不會日文的人看不懂的樣子。」

「我只是想暗示，這個世界有很多不同的人和語言，如果我們不懂，至少要尊重這些不同。」

「如果啊，你翻半天只是在說這個世界的不同。」若菱從旁拿起一張面紙：「那還要翻譯幹嘛？」

我一時語塞。

「不然妳覺得，我們能翻譯別人的想法嗎？」

店員上了兩杯啤酒，滿溢的泡沫在逃竄的字詞裡翻騰。

「對你來說，問題應該是這樣有沒有意義吧？」她把其中一杯轉到我的面前：「不用說到別人的想法，你覺得男生和女生有辦法理解對方嗎？」

「我不知道。」

若菱灌了好大一口：「不要每次都在答案前差一點好嗎？跟男人在床上一樣，整天只會裝鎮定問女人爽沒到沒。」

知道我不敢回話，她享受著我臉上的反應。

◆

事情發生幾個月後，她傳了 Line 約我見面。

「我可以跟你借錢嗎？」

她來我租屋，用我手機叫了對兩個人來說過量的食物，我吃不下時跟她說包起來就好別逞強，但她說她真的還餓，像是十幾天沒吃飯一樣。

借了她這筆後可以幫助她渡過難關，從此她也可以更舒適的方式過活。我抱持著這樣的想法答應了她。

「還要不要再多拿一點保險？」

她搖了搖頭，但又想了想，伸出三根手指頭。

火草花的香氣包圍了我們。

事情都處理好後，她說她想看電影，問我有沒有Netflix。

她坐在沙發，我靠著底部半躺在地板。慢慢滑下去的時候，我發覺好像碰到她小腿了。等待一下，發現她沒反應，於是調整了一下姿勢，讓頭頂輕輕地接觸她腳踝。

我心裡想著，給了錢，今天晚上還可以有更多嗎？但我知道，這想法我得說是錯的，不能總是為所欲為。如果沒辦法做自己想做的事，至少得喜歡做出決定的自己。

腳踝凸起的觸感輕輕扶起了心跳，光影被桌上櫻草悄悄遮去片隅。

過了一個月，她又問能不能再借錢。那時我知道我想法刻意了。借錢就是借錢，渡過難關是真，把自己放到債主以外的身分就多了。

佳蓉後來消失在我們的視線裡好一陣子。常合作的幾家廠商名單裡也沒再看到她的名字，各種場合都沒有看到她的蹤影。我不知道若菱是不是跟她還有聯繫，但在事件發生的一年後，作家M氏被自家的編輯K跳出來指控其在婚姻關係外的不倫，並利用職權進行的騷擾及暴力行為。

雖然鮮有人把這件事和從前佳蓉發生的事聯結在一起，但她一年沒動的臉書頁面還是分享了這則訊息。按讚的人不多，下面也沒人留言。內容跟翻譯也沒關，她只是單純的說了一些她覺得自己也是被性騷擾的事情。

「……他明知道我不喜歡他而且我們已經分手了，但還是若有似無想牽我的手。我跟他說，他說因為見面了太開心了。可能是我不太會表達吧，覺得還可以就都沒繼續說。但今天的事讓我覺得有必要說出來……後來看電影時，他的頭一直頂我的腳底。我很害怕，不知道在那個密閉空間還會發生什麼事。」

這是我最後聽到關於佳蓉的消息。

◆

牆是白色的，而桌面帶點紫色。

這是我認識她時的場景，一間教室。第一眼看到她的時候，我有種「我她可以」的衝動。

不知道是她哪裡的不自信，讓我天真以為可以填補她那點自卑，一切不用感情。自那天起，我注意了和她同堂的打扮，先到她喜歡位置的四周坐下，甚至，我那時人生中第一次拿著剪刀和刮鬍刀將我的陰毛剃平了。我想像著她的嘴巴，不想被任何打擾。

我問她要不要在一起試試看，她說給她一天想想，拒絕了我。爾後，大約我心裡自尊作祟，我堅持說那是她搞錯意思，我沒有跟她告白。她也順著我的意，好像這件事沒有發生。她說了她那時單戀的人，是同系的學姊。那學期交換出國，有一天 Line 大頭貼換了，跟一個日本女生合照。

我知道她是說給我聽的，她「現在」不喜歡我。於是在自尊持續發揮下，我當場鏡像講了我喜歡的人，是個日本女生，以前高中時來我們學校作交換生，我們一起去過夏天的海，因為她我才考日文系的。

不知道這樣跟我人生毫無關係的故事她當時相信了多少，可能她覺得沒差，反正也不在意，不管是真實性還是我。

我問她，所以妳沒跟男生試……。

若菱手掌壓住我的嘴巴，眼神無比認真。我不希望你在這種時候也只能像個男生而已。

從那天以後，我們兩人用兩個我們喜歡的人作為人質，勉強在對方的友好裡，找到了一個前後左右都不認識的位子坐下。然後，誰先想換位子就輸了。我能坐在這裡，單純因為她不計較從前發生的事，就算我心裡清楚地記住曾經把她不當一個人思考的感覺。沒有發生，就不是真的。我常常得用我最討厭的方式，去接受已經是個我討厭的人的我。

五

對面兩個老人，穿著有點老土。感覺出來這是他們極度珍愛，只在重要場合才拿出來的衣物。只是太久沒穿，除了脫線，外觀也褪成一種過時。

「來，不要客氣。想吃什麼就點。」老婦人說。

菜單上最便宜的是蛋沙拉，五百五十塊。除了站立的侍者，裡頭只有我們四個人，牆壁是有水痕的唐茶，椅子很重，需要雙手才能移動。這是行天宮附近老字號日本飯店的咖啡廳。

「孩子的爸，不然點這個牛舌，看起來很好吃，很適合年輕人。」

「嗯。」老爺爺說。

「呃，不……不……用。」心裡不斷重複，抬頭挺胸抬頭挺胸。

「沒關係，謝謝你那麼照顧我們家若菱。」老婦人強硬地從我手中抽走菜單。

「好，謝謝阿姨。」

「叫媽媽。」

噗哧。若菱雙手緊緊抓住天鵝絨的扶手，拚死命把笑聲憋在喉嚨裡。

「沒禮數。」老婦人瞪了她一眼，接著轉頭：「在台北生活還好嗎？」

「很好，很好……若菱也很照顧我。」

「現在在做什麼啊？」

「目前就自由……」

桌子底下，若菱大力對著我腳掌踩了下去。

「在《自由時報》當編輯。」

全力維持著語氣的平穩。

「在做報紙喔，那很辛苦耶，賺夠用嗎？」

「可以，可以。」我努力回想幾個小時前和若菱對的內容：「我自己有拿家裡給的錢在投資股票，當編輯只是興趣。」

「哇，很好啊！孩子的爸，看來人家真的很有想法。」

「嗯。」

「我們家若菱啊，長那麼大了，都還不會照顧自己。現在明年就要調出國外了，還來幫你綁住，真是不好意思啊！」

「媽，可以了啦！」

我看若菱演這戲演得挺起勁的。

「啊你們想找哪家弄囍餅？」

「媽！我們時間還沒確定啦！」

若菱抓著老婦人手臂，調皮地對我笑著。

「妳欠我一百頓和牛吃到飽。」送走兩位老人後，我整個人攤坐在捷運站外台階上。

「好嘛，對不起。他們真的是昨天很臨時才說在台北，要看我可愛的未婚夫。」

可愛被特別點綴了俏皮。

「妳他媽過年回家好好說還單身就好到底有什麼毛病。」

若菱一邊大笑一邊幫我把從肩膀滑落的襯衫外罩脫下來，折好掛在手臂上：「哈哈哈幹你不知道我多緊張怕被你發現，還用爬山早上先把你釣出來。」

「幹，就想妳這個人怎麼突然想流汗，媽的。」

「哈哈好啦，我多發一點案子給你。」

「我實在沒想過妳也會發生那麼俗爛的鬧劇。」

「不覺得很加分嗎？」若菱把我從地上拉了起來：「作為一個女同志。」

「媽的，該不會連那袋牛皮紙袋都是妳偽造的吧？」

「有病喔？真的啦！」她用紙袋往我頭頂扇了過來：「來啦，送你一張，我們和佳蓉同志最後的聯繫。」她從其中抽了一張給我。

我接了過來：「剛剛妳媽說，妳明年就要出國了？」

「喔，對。」若菱眨了下眼睛：「調去九州分社。」

「哇，恭喜！雖然不知是什麼狀況妳終於答應了，不過，」我頓了一下：「從認識以來發生的許多事情，會讓我覺得真的很替妳高興。」

「高興啥？」

「一個會把我嘴成可悲處男的恰北北終於要從台灣消失了，去迎接她應得的光明未來。」

「白癡喔你這個人。」若菱伸出手臂拉住我起來：「心裡有個感覺到了就決定了，不過未來喔，誰知道會發生什麼事呢？」

我努力站直了身子，用手掌在屁股拍了兩下，再瞪了若菱一眼。她還了我一個這人怎麼那麼可愛的眼神後，笑著說：「好啦先回家了，明天還上班。」

一階兩階地跳下捷運出入口的階梯，到最底部磁磚時她轉身看著上方的我。欄杆向下的部分因為沒有照明，顯得特別暗，直到若菱所站的地方才有日光燈。白色的，她先是左腳向後退了一步，接著右腳用斜角四十五度往後踩，然後對著我大力地揮手。我送了她一根中指。

◆

回家的路上，沿途的風景不斷刷過機車上的我向後飛走。我催著油門，經過林森北條通時看到一些剛聚會完的日本人，站在騎樓相互鞠躬問候。突然間，我想起了大一期末傳統藝能發表會那天，佳蓉站在台上，台下資深的日本教授站起來用食指指著她。

狂言裡「川上」一幕，老公公無法狠下心離開吵鬧的妻子，最終地藏收回本賜予他的視力，夫婦恢復原本清貧孤苦的生活。

下去。

我把機車停在路邊，從包包拿出那張若菱給我的佳蓉手寫卷。

「道路變得曲曲折折的，眼看著就要到天城山的山頂了，正在這麼想的時候，陣雨已經把叢密的杉樹林籠罩成白花花的一片，以驚人的速度從山腳下向我追來。」

那是我們三人大一認識的翻譯課的期末作業，本來是若菱部分的〈伊豆的舞孃〉，在她和外系學長大吵後換成佳蓉負責。上面有原文、市面上的流通的版本，以及我這輩子第一次看到，佳蓉翻譯的文字。

大一期末傳統藝能發表會，穿戴漂亮的佳蓉用安靜的眼神看著台下的教授，但她沒有說話。

狂言就我所知，並不禁女流吧老師。系主任跑到旁邊。

若菱從後台衝了出來，好像想說什麼，但被佳蓉制止住了。只能隱約聽懂現在不是二十一世紀嗎？

年輕日本講師也聚集過來，幾分鐘後老教授坐回位子，像平常一樣慈祥地笑著。

讓你們台灣男孩子玩玩就罷了。

有人說，最後一幕隱藏了男人的意圖：地藏逼迫他在視力和妻子之間擇一正是暗示了，男人不配擁有視力。一有視力男人就會投向花季少女的懷抱，離開一直照顧她的太太。也有人說，最終這幕代表著人的意志在選擇時，並不若自己想像的那麼簡單。旁人的憤怒，內心的愧疚，在天地間走跳就必須負著這些，這才是世間人類最終選擇的自由。

突然一陣雷鳴，我回頭看去，士林上去陽明山上似乎有陣風雨，閃電在山頂劃開了黑暗，照映出上頭的建築物。我把紙張收回包包，催動油門，希望不會被雨追上。

「山腹的道路彎折如葛藤攀附，正當天城山山頂就近在眼前時，雨的腳步一邊將杉木的林密染白，一邊的皪地自山腳朝著我追趕過來。」

木在層林中

對於一個剛剛還在身邊的人，要說我和他的故事，還真的滿難的。特別是當所有的事情，都是確實發生在自己身上時，突然要我把帶著自我視角的自憐、無助和放任從這個故事抽離，無疑比我想像中困難很多。

我是個在論壇時代出生的人，過去那裡是我唯一能攝取各種動漫資訊的地方，這對我影響很大。就我個人而言，我在論壇養出來的習慣，是我非常喜歡用「全部」的角度來評論事情。喜歡分析整部作品，用創作者的角度，去猜測老師是怎麼安排所有伏筆，劇情、背景、人物設計……我常用的句型是，我喜歡／討厭哪一段，不過我知道作者其實是想幹嘛。這種擅自揣測作者意圖的動作，習慣之後，讓我有辦法保持一點點的距離，遠遠地觀看一名創作者的變化。雖然可能是幻想，但這會讓我感覺，我愈來愈理解這個人。

我喜歡這樣。

只是，這樣自以為能夠分析「全部」的習慣一旦養成，就沒辦法回答很多簡單的問題。譬如你如果問我，喜不喜歡《黃金神威》呢？我會先說出它的三個優點，然後再三個缺點，最後告訴你我不知道。

這或許是我們這個世代的趨勢吧，從大學一直到職場，這樣的情況愈來愈正常。不管是課堂的報告，還是職場的簡報，只要分析一件事情的利與弊，就可以獲得好的評價。

不只是我，比我小快十歲的妹妹有次在和客戶簡報時提出A、B、C三個方案，對面的老闆看她可愛吧，問她那妳最喜歡哪一個。她再說一次三個方案的好與壞，老闆於是再問她，所以，妳做那麼多的研究分析，三個裡面沒有特別喜歡的嗎？

「沒有啊，我幹嘛喜歡？」

作為一個正在提案的廠商，妹妹的回答真的讓人捏把冷汗。

但我想，連被社會訓練成這樣的我，面對我和他的事情，仍舊無法不帶感情的從「全部」去告訴我自己，因為這樣，所以那樣，這一切是合理的。而且不論怎麼迴避，我都能感覺到就是這些事情，對我和我的人生造成巨大的影響。要知道，不對的事情發生在自己身上，那感覺是奇怪、複雜又陌生的，我花很久的時間才說服自己他的所作所為是錯的，而內心到現在可能都有疑慮，這些是可以公開說的嗎？所以，或許也不是為了抱怨，也不是要大聲疾呼這樣是錯的，只是想把這些事情寫下來。

和現在頂著爆炸頭喜歡穿寬大牛仔褲和民俗風背心的冠元、整個頭染成白色把自己搞得像9S的沂鈞不同，在我和他們認識的高中，三個人的打扮都是很普通的高中生而已。起初是一次升旗，不同班級的他們在操場攔住推甄已有大學的我，問我能不能當畢業影片的女主角。我不認識他們，但大約知道，冠元是學校攝影社的副社長，沂鈞則是大傳社的副社長。兩人自我介紹是這次畢典的負責人時，我心裡默默想著，看來貴二社的社長都要奔著指考去了呢！

和外表一樣，整天穿學校運動服和拖鞋衝來衝去的冠元是比較外放、粗神經的那一個，而沂鈞則是較為安靜的。他有著一顆纖細複雜但軟弱的心，連他鏡片上的髒汙，都像是他的某種偽裝色。

兩人的差異也出現在影片音樂的選擇上。冠元想要放伍佰，而沂鈞則想要放 KARA 的〈Honey〉。冠元一如往常口不擇言：「不要放那種每個人都長得一樣的歌啦！」

要知道，在我高中那個年代，離 SorrySorry 都不太遠。大部分人對韓流還是滿感冒的。冠元可能不是真的那樣覺得，而是，那句話是我們聽到韓團時應該有的標準回答。所以當沂鈞和他吵起來時，他顯然嚇到。不過冠元就是那種打死不想落下風的人，兩人就這麼爭執起來。

「好好的人為什麼要整形？整了一輩子都不知道真實的自己是什麼樣子了耶！」

「好好笑，你又知道真的自己長怎樣了？」

「啊不就長這樣！」冠元用手指戳起鼻孔。

和人多說兩句話就累得氣喘吁吁的沂鈞被氣得離開現場，我追上去，在垃圾場旁的儲物室和哭得鼻涕都流出來的他談好多。

「努力把自己變成想要的樣子，為什麼錯了？」

「我就是不喜歡自己原本的樣子啊！我就長得醜啊！所以我想要變好看啊！」

「為什麼大家要硬誇那些就不漂亮的人很自然、很有氣質啊！不要把這兩個都變成負面形容詞啦！」

「你們女生不懂啦，不知道男生長得醜化妝還被家裡罵的悲哀。」

「沒有整的人那麼醜，可以都去死一死嗎我每天睜眼看到都覺得好痛苦。」

我們講了好久，躺在一堆掃具裡頭，空間很窄，我們都必須縮起我們的身體，雙腳像山峰一樣交疊。那時的時間，我一直都記得，17:46，天色還沒暗。高雄的空氣那陣子很髒，天空是一個有淺紫也有淺橘看不太清的樣子。實在是有點涼，我們兩個卻一起忘記穿外套，幫他擦眼淚時，另一隻手都躲在短袖的衣服裡。在哭聲停止，我和他彼此對望了好久，他沒頭沒腦地說：

「誒，我真的好喜歡妳。」

到了今天，我也一直不知道，和我告白是他本來就打算，還是只是那天剛好湊巧。也不知道，這和他們找我拍影片有沒有關。但我也沒打算確認，因為我拒絕了他。

本來以為，這件事情就會跟著離開高中一起封藏，變成高中一個甜美的回憶。說到底，沂鈞是這輩子唯一跟我說過喜歡我的人呢！後來不管男的女的老娘都是自食其力弄到手的。不過呢，好死不死，在出社會後幾年，我和這兩個男生才又有交集。

冠元大學去到森林系，並維持著拍片的興趣。在 Youtuber 出現後，他很早就加入這股風潮，變成一個以登山為主的頻道。然而頻道裡他只是掌鏡人，鏡頭裡的是沂鈞。我自己覺得這是個滿聰明的決定，因為沂鈞在成年後真的變成一個挺漂亮的男孩，穿上登山裝備後，真的是別有特色又十分健康的樣子。而且經過多年，相信從前那個讓兩人反目的整形問題早就不是問題，因為沂鈞成了一名醫美醫生。

冠元發訊來邀請我時，我瀏覽頻道裡的影片。是真的滿好看，又有點好笑，兩個半老不小的男人在山裡鬥嘴，有種直男對話的快樂，好像永遠長不大一樣。於是我欣然答應和他們一起去登山，並出現在他們影片裡。

多年後再次見面，兩個人都長大了。整路上，冠元不斷地講著一些跟森林有關的知識，什麼高海拔的水氣多光的散射會更多所以看起來霧霧的，好像又回到高中上物理課一樣。但我印象最深的，是他向我介紹一棵叫作華參的樹。

「在一些中級山，華參會在古道的轉角處出現。在印象中，每當我走到一個覺得這裡可以稱作杳無人煙的時候，它就會出現。差不多是人類有足跡與沒有足跡的分界上生活的一種植物，我總是先看到幾片它的落葉，再往前找幾個彎，在一整片厚厚華參的落葉中，會有一棵華參樹站著。因為它總是單獨生長，所以總是獨自待在陌生的樹裡面。那是一棵沒有辦法理解它旁邊樹的樹，也是一棵沒有別的樹了解它的樹。」

「你喜歡這棵樹嗎？」我問冠元。

「與其說喜歡，不如說，看著它我常常在想，就算在山裡真的有這樣一棵特別的樹，大部分人從外觀上來看，它也只是森林的一部分。而這樣觀看的方式，常常會讓人忽略森林裡有多麼超乎想像的生物系統正在發生。」

他還講了一些台灣特有屬什麼的，特有種和屬的難度有多大，但我記不住那麼細。不過我一直記得他說的那棵，總是見樹不見林的華參。

而沂鈞，變成一個更真誠的人了。

我們在夜晚的帳篷講到高中的蠢事。因為是高三才認識，他們說了好多明明我也在校園裡卻不知道的事，逗得我笑得超誇張。我們也交換了這幾年各自遇到了些什麼事，我問了他們為什麼會做 Youtuber，有人看自己東西的感覺是什麼，而那時沂鈞這樣回答。

「真的走紅的時候，我發現我好喜歡那種感覺。我喜歡走紅的原因是，在你紅起來的時候，你會收到相當多的回饋。有人說，喜歡你的影片，有人說，喜歡你的真誠。這些反應，會讓你誤以為你的成功是來自這些，你的努力，你是個好人，而不是你去掠奪和破壞了什麼。」

那時在安靜的星星下，我好喜歡眼前這兩個男生。看著他們會讓我覺得，大家一起長大了真好。

不過我喜歡的這些，都沒有出現在影片中。

「多年後和高中初戀再次相遇？！孤男寡女在深山帳篷裡發出的怪聲好害羞⁄(⁄⁄•⁄ω⁄•⁄⁄)⁄」這是那部影片的標題。雖然看到後，我是在深呼吸三十分鐘說服自己冷靜才點開影片，不過觀看時我仍氣得數度把影片關掉。裡面的確是我們那次上山拍攝的，只是不管是剪接還是畫面，都和我想像的不一樣。把我的回答接上他們重新配音的問題、在我說「好累喔」時加上臉紅心跳的音效，甚至還有一段，我們在山中走著，而冠元的鏡頭卻一直拍著我的胸部，只有胸部，整整十秒。

那裡的秒數在底下留言區不斷出現。「精華十秒。」「我好了。」「教練我想爬山。」諸如此類的。影片成為他們頻道有史以來最高觀看，但我氣瘋了，在群組裡瘋狂質問為什麼都沒和我先確認內容，卻被他們用各種好像不是他們責任的回應帶過。「沒辦法觀眾喜歡看這種嘛！」「啊妳就長這樣啊！」「有誰不喜歡被人家稱讚漂亮啊？」

有，我。我不想。或許在這之前還有一絲疑惑，我是真的不想嗎？但經過那部影片，我知道我就是不想被人稱讚漂亮的人了。

雖然基本只是冠元在說，但我仍對同樣看過成品的沂鈞感到憤怒。而且直到最後，這兩人都沒對自己的言行道歉，只是說作為補償，他們邀請我去下個月在台南的拍攝。這部片發後，他們第一次接到業配，是台南一家新的星級酒店開箱。在冷靜幾天後，念在我已經不知道幾年沒住這種高級地方，我換了一副心情答應這次邀請。

然後仍舊是一場災難。

細節我就不說，我就只是作為一個人正常應對的過完那兩天。但我完全不知情，他們和酒店簽的合約居然包含我的泳裝出鏡。「流量密碼再次回歸！！這次還帶著比基尼？！女權退散！黃標確定！」這是那支影片的標題。

「這種身材也敢穿比基尼？」「沒知名度還敢穿得比啦啦隊多？」「現在有個奶就可以當流量密碼了耶！」

我連問都懶得問，直接退出群組。冠元的私訊我也是隔好幾天才回。

「沒辦法啦，現在做影片就是要這樣才有人看。」

「所以就可以隨便犧牲我？」

「妳不要覺得就好了啊！」

「什麼叫我不要覺得？」

「而且是我的影片被負評，他們又不是批評妳。」

「我管你的影片怎樣，你拿我的身體當素材，這才是重點。」

「什麼重點不重點的，想那麼多在世界很難生存啦！」

「拜託你去找可以被下這種標題的女生，我沒辦法我是個正常人我有我的生活謝謝。」

「啊我認識的女生就很少啊！我的問題？問號耶。」

「有誰不是正常人？」

「不行妳一開始要說啊！」

本來以為，這會是我跟這兩個人緣分的終點。但我想，如果真的有誰學不到教訓，那個人的名字就叫顏若菱吧！而且我沒想到，我比沂鈞更容易心軟。

沂鈞在那部片過後不久，就退出了頻道。他們發了部影片說，是他要專心在他新開的醫美診所上。長久以來對他的好感，讓我一直確信那是他對這兩部影片無聲的抗議。當然實情是怎樣，也和高中時他的告白一樣，我想沒人能從他那複雜的心思裡知道真相。

而我也一直過於天真，覺得冠元只是脖子硬不想道歉，所以把他送來的許多好意當成是愧疚。但我現在知道，好意和歉意不能混為一談。如果對方沒有道歉，那代表對他來說最基本的，那對他來說不是錯的。

冠元在那之後常常密我，跟我說哪場電影有公關票，沂鈞太忙所以留我的名字。一開始我當然沒有理他，然而他還是繼續在那個已讀不回的對話框留下各種資訊。就這樣兩年多，我換一個工作，也結束了一段戀情，在星象很不穩定的情況下，他傳給我一場電影公關，裡面有我從以前就很愛的歌舞伎演員。

我知道拿「我那時狀況很糟」、「我那時心情很差」當藉口簡直跟搶人男友的小婊沒兩樣，不過這是真的。大家真的要多聽唐綺陽，國師的話真的可以幫人渡過人生很大的劫數。

在電影散場時，我遇到冠元。那部在台灣上映的場次有夠少，錯過這個特別場我根本沒別的時間能去，這是我接受他好意的原因。我和他道謝，他則還是一副傲少年的樣子和我說話。

「剛剛到底在演什麼？最後有夠灑狗血的。」

對於自己喜愛的電影最淺薄的評論，我那時以為，這句話把我對他的想法打回原形，但我的錯。我是收斂好感，但這種東西是慢慢鬆動的，在不知不覺間。我恢復「對，他是個爛人的想法」，沒錯，但同時也滋長一點，「這個人從高中就是這樣」的寬容。就這樣來來回回，又是一年的時間左右，我和他開始交往。

現在的我，真的很難告訴你那時的我是抱著什麼想法做這件事的。或許唯一能為我開脫的是，從影片事件到我們交往，中間過了快四年。四年可以改變很多，那時在我眼前的他已經是個完全不同感覺的人了，也讓我覺得，有和這個人在一起的可能和想像。可能說真的，還有一點「他因為我正在變好」的幻想吧！

對不起，一個成年的女性還那麼幼稚地思考，請大家真的要多聽唐綺陽。

登山頻道早就荒廢，他先是經營個人頻道，後來整個轉戰抖音，拍一些短影片。流量比我想像中好很多，雖然他都在做一些我覺得很幼稚的內容，但到這種年紀已經很能理解，如果他賺得比妳多，就別把自己的想法說出來。

交往幾個月後，他的抖音變成了情侶頻道。我的出現引來了許多祝福，感覺是觀眾群轉變，底下並沒有人提到以前的兩支影片。以此為契機，他也開一個我們的 Youtube 頻道，記錄兩個人去吃的拉麵、去看的電影。我特別喜歡我們兩個會拍一個電影觀後談，雖然觀看數一直很慘，但在我的堅持下他還是一直上片。在裡頭，我們會發表完全對立的兩種言論。

「所以我才討厭這種整天在說什麼給 XX 的情書啊、說一個簡單的小事啊這種東西啊，我都花錢看電影了為什麼不去處理一些有意義的東西啊？而且裡面的人都好正面喔，有點犧牲就要哭，真的是把觀眾當白癡耶，是怕我們看不出來有人受委屈嗎？」

「我覺得你齁，就是看不懂這種從頭到尾，角色都必須說謊才能活下去的戲。不能那麼輕易地真情流露，因為你沒有思考過什麼時候能說真話這種問題吧！這個世界在這樣的人看來，就是一個會輕易接受真正的自己的地方。這種人根本不懂什麼是演戲！」

底下的討論也常常很好笑，有支持我的，也有支持他的。我看著我和他的言論能生存在同一部影片裡，和這些言論一樣，都讓我好開心。再說一次，我喜歡這種成長的感覺。不論它是發生的還是想像的。

「你看，只要標題沒問題，我們還是可以好好相處啊！」冠元跟我這樣說。

對啊，我也這麼想。所以，你為什麼要取那樣的標題？這是交往時，我沒問出的問題。

冠元很認真地跟我說過，為什麼他不想做這種觀影後心得的內容。他覺得我對電影的想法在這個時代是被淘汰的，不該對一個作品想像和投射那麼大。講那麼多，結果跟導演想得不一樣，他覺得這樣很奇怪。還不如，想到什麼就講想什麼。並且，他不懂我對作品的態度，在他想法裡，這個時代的影視作品就只是談資而已。大家是要在社交生活上有話題聊才去看的，所以真的要做跟電影有關的內容，像谷阿莫那種最好，讓人知道一部影片的主題就可以。我放太多感情了。

這是我最欣賞冠元的部分，他總是很坦蕩地講出跟我不同的意見。他告訴我，影音上所有東西都是假的，太認真就輸了。大家都只是在螢幕上扮演著對自己最有利的角色而已，沒必要把自己也放進去。他很有耐心地教導我這些，雖然現在看來也是說教吧，只是我能感覺到他的真心，因為他覺得，我不要想那麼多可以活得比較輕鬆，所以希望我趕快理解這個社會的「全部」，擁有自己的意見是過勞又危險的事。

套一句過去他常說，現在想來多麼無法接受的話。

「有誰不是正常人呢？」

對不起，我害怕自己不是。所以，這一切才變得如此合理。

我們的分手反而沒有什麼衝突，只是單純兩人在結婚上想法差得太多，於是協議分手。他刪除所有情侶的頻道，回頭專心經營他的個人頻道。而我請調到公司日本九州分社，離開台灣。

我想我得先暫停一下，先說明一件事。從最早那兩部影片，一直到後來的抖音，我都沒和他拿過一分一毛。一直到 Youtube 那個情侶頻道，才和他提議要對半分。他一開始先是拒絕，說我也沒後製也沒出器材費，最終同意我拿三分之一的利潤。這也是我在金錢上唯一從他那裡拿到的。

分手後兩年，因為疫情和家裡長輩的關係，我又請調回台灣。這時我已經結婚，對象是一個九州男生，我們在爬鳳凰三山時認識的。先生那時留在日本，我是單獨回台的。而在回台後三個月，他傳訊息說：

「妳回來了喔？有觀眾說看到妳。」

我那時以為是過去情侶頻道的觀眾。就回他，對啊幾個月前。

而從那陣子開始，我時不時地走在路上就感覺到，有人在跟蹤我。而社交帳號裡，那些摸不著頭緒的私訊也變多。雖然那裡頭的內容常常讓我感覺很奇怪，例如問我是不是厲鬼？或者問我湯好不好喝，但我沒有太過在意。

我並沒有意識到我已經處在一個很危險的狀況，因為根本沒有想過，會有出現這種事。所以就算在外頭吃飯時有陌生男子走過來直接問我是不是顏若菱，我也只當可能是過去觀眾，和他們打完招呼就沒有多問。雖然他們有時會用怪異的眼神看我，而朋友也感覺到事情的不對勁，我也只當過去的事情，自己都已婚不要管那麼多。

直到事情不可控制。

從捷運站的出口走出來，正準備轉進小巷時，一個等待多時，身披「反核，不要再有下一個福島」，戴著眼鏡，綁著布條的男子走到我身邊，開始對我連珠炮似的咆哮。

「台灣獨立！」

「體育就是政治，沒有人可以置身事外！」

「沒有中華隊，正名台灣隊！」

「妳為什麼死了還要回來？」

路上的行人紛紛看過來，但他絲毫不為所動，繼續對著我大喊台灣獨立。我喝斥他我要報警，他居然說。

「我不怕妳這個死妖婆！我不怕警察！正義終將戰勝邪惡！惡靈退散！」

幾個路人過來將我們兩人分開，我才狼狽地逃回捷運站裡。

在月台上，我一邊喘著氣，一邊回想剛剛那名男子的話語。想來想去，政治、體育，怎麼想，我都只在很久以前那個情侶頻道裡好像觸及過。那時我們要蹭奧運的熱潮，也有幾部我們看直播的心得。在裡頭好像有說一句，政治歸政治，體育歸體育。但那時也不是有意，我只是要講下一句苓膏龜苓膏才這樣說的。

喔，對，我真的，完、全、不、認、識，那個眼鏡男。

完全搞不清楚到底發生什麼事的我，立馬私訊冠元講剛剛我發生的事情，並且問他有沒有頭緒。他只是已讀。因為我也不是很確定，搞不好那男子只是認錯人。以那時我手上有的資訊，我覺得誤認的可能性很大。不過總之，他沒回我，但，倒是沂鈞聯絡了我。好久不見的沂鈞，說他聽說我遇到的狀況了，要不要吃個飯，他可以解釋到底發生了什麼事。

能見到沂鈞，我很是驚喜。雖然外形變了很多，但講話時眼神一直飄，顯得很不自信，緊張時會搓手，完全還是個高中男生。我們沒有直接切入話題，而是說說彼此最近發生什麼事，一邊吃著桌上的菜。

「妳怎麼都不喝？多喝一點啦難得老朋友見面。」

我喝下他遞給我的酒，當下還沒什麼感覺，只是覺得，好像有點累。飯局結束後，他問我要不要去他診所繼續聊。我說好啊。在那裡，我又喝下了第二瓶酒，一瓶藥下得更多的酒。

接下來我要說的，也是我自手術檯上醒來後，經歷了無數次只是站著就崩潰到泣不成聲、夜裡的恐慌驚醒，和大量的心理治療後，花費半年拼湊事情，才知道關於那個後來，與我分手後的後來，發生了什麼。

冠元後來又開一個新的個人頻道，這次他的主題是兩性相處，如何在感情市場裡成為勝利的那邊。

比較有名的私人課程以外，他還有很多教人怎麼在關係裡和女性溝通。當然，我根本沒辦法看，所以不要問我裡面內容是什麼。除此之外，如果你點開頻道，會發現公開的影片很少。那是一個，以好料都在會員影片聞名的頻道。而且好像，Youtube 也不是主力。到底他現在經營到多深，沒有人知道。

而我的問題，從他在 Youtube 頻道裡一篇貼文開始的。簡單來說，他說我死了，這讓他很傷心。

在法庭上，他這樣辯護。

「我只是比喻，分手後她在我心中像死了一般，誰知道他們都看不懂。這不能怪我啊！」

他的原本貼文是這樣寫的。

「每個男人心裡都有一個悲傷處，別看我整天和你們講著女人怎樣，但曾經在頻道出現過的若菱的死，是我心裡永遠的悲痛。」

這個人到底語文理解有什麼問題？真的會讓人忍不住這樣想呢！

另外順帶一提，這個男人的頻道叫「受過傷的男人」。

他對我的傷害已經是永久性，無法轉向的。在我進行司法訴訟的期間，我收到更多的屌照、私訊約砲，或者更多我不想說的東西。而原因是，在我不知道他在幹嘛的這幾年，在我「死」的這幾年，這個人在影片裡說許多關於我，或者是說，可能不是我，但被他誤導成我，他有一個這樣的前女友，的故事。

「超缺的，男人就是要懂得女人也有性欲。」

「幹，真的很緊。」

或許他也被自己欺騙，以為我真不在吧！所以在他的觀眾說看到我的時候，他整個人不知道怎麼辦。

承認自己說謊，有這麼難嗎？

很難，冠元從高中就是這樣，他是不會道歉的。我又一次這樣和自己說明。

甚至對他來說，承認說謊是這世上最殘忍的話吧！

他找了沂鈞，讓他灌我酒，在裡頭下了藥。把我抬到了手術檯上，讓我的臉，換成另一張臉。

在還沒走上法庭時，我和他有這樣的對話。

「妳賺到了耶！他都是幫妳動最貴的一堆人搶著做的手術耶，我們說好就當妳的生日禮物，幫妳做出更好的人生，然後對我來說也省掉一直被問的麻煩。」

「妳不要毀了自己難得的高中好友人生好不好？」

「誰不想變漂亮呢？」

有。我。我不想。

我曾以為在這種社群時代，消息傳播那麼快速，這些所謂的紅人也因此有了一道枷鎖，只要做了什麼事，都會很快散播開來，這種我死掉的謊言會很快被人揭穿，錯誤也可以很快被糾正。但事實上，一是其實，我以為已經小有名氣，但看的人沒有我想像得多，不管是新的還是老的觀眾，放到整個社會上，都只是很小很小一群人。二則是，所謂的傳播，只會在一個小圈圈裡發生，以當事人為中心，相信他是正確的那群人裡而已。所以所謂的變紅，指的是你有一個機會，愈來愈相信，你相信的東西。

在寫下這些時，我才剛和沂鈞碰面。這是我們走入司法後第一次，應該也是最後一次私下見面。我先生從日本過來，為我，他已經辭掉原本的工作。他就坐在旁邊看著，以防發生什麼意外。

會和沂鈞見面，單純是我真的很想知道，這個把我人生搞得一團亂的事情，為什麼會有沂鈞的參與。法庭上本就安靜的他更擅於隱藏了，一切依法行事，依法問話。他直接了當地說，他錯了。我想，如果這次，我再不以一個高中老同學的身分出擊，我這輩子永遠不會知道，到底是為什麼，我的人生變成了這樣。為什麼那個對自己沒有自信的男孩，那個吵著要放 KARA 的男孩，那個在傍晚會忘記帶外套把自己雙手都縮進短袖裡的男孩，會聽從另一個男生的話，把我，迷昏，把我的臉，削開，改變它。

請原諒我，這只是幾個小時前的對話，很多很多，我都還在消化。我沒辦法在短短幾句話裡還原這幾年他的心境變化，像他一邊哭著說他真的想幫我變漂亮。我還無法消化。但對我來說，在我整個下午的努力後，我這次終於聽到了沂鈞真實的想法。那麼多年，終於，在一句話裡，我終於知道這個不喜歡自己外表的男孩，心裡到底在想什麼。

「妳又不喜歡我，妳最後交往的是冠元啊！」

對和我一起經歷新的世界、也是我生活裡人性善良寄託的人，用這樣的方式結束是有點遺憾的。但隨著年紀增長累積經驗，並不是等於變得偉大，長大成人真正發生的，只有每個人的想法會愈來愈具體，而每個人也多了許多方法去完成自己所想的，不論好的壞的，它們最終都有可能長成超乎自己想像的存在。我多麼想抱緊他，和他說，不，不是這樣的。真的，這一切不是你想的那樣。

我沒辦法像冠元說的，就不要覺得就好，但我想利用這個失敗的經驗，一個我很努力保持不要干擾他人，同時相信人會改變也同時相信人不會變的經驗，來提醒我自己，一直強迫自己是和別人一樣的正常人，一直相信有所謂懂了就可以的「全部」，是多麼的不健康。

有一份從高中到成人的友誼，優點有三。一，妳們會彼此信任、快樂，有些默契真的只有那時認識的朋友會有。二，不論妳講的話題多無趣，他們都接得下去。而且對於以前的事，他們總是記住一些其實很有趣但妳早就忘記的事情。三，妳會永遠記得這幾個人最初的樣子。對於他們現在的所作所為，妳永遠找得到像是初衷一般可愛而美好的解釋。

缺點的話，有一個。

妳會忘記自己其實不懂他們。

不管是自尊、妒忌、愛、壓抑、天真、軟弱還是相信人會改變，我認為都像一面鏡子。就算是認識很久的友人，甚至是自己的親人，要真正理解一個人是不可能的。不管是什麼樣的故事或是人群，你永遠不會知道所謂的「真正」是什麼。一個人的真實，對於他人可能是毀滅性的災難。誰都有可能變成怪物，怪物也有可能是身邊的任何人。

請不要忽視自己有可能成為邪惡的可能，也不要合理、容忍他人對自己的放肆。當你感覺到不安，不管是怎樣的不安，請不要放棄和對方溝通，說出自己的想法，不論是好的還是壞的，請不要因為自以為是的溫柔，就選擇不和自己相信的人溝通。我們無法理解他人，這不是我們可以任性地不和他人交流，過著自以為是生活的理由。

從今以後，不管遇到什麼樣的人，我都希望我抱持著「不放棄當個好人」的想法，努力地珍惜著每一天，努力地活下去。

寫到最後，我想感謝我的先生。在我真正處在絕望、憤怒、崩潰而喪失自我時，是他在我身邊，一步一步，用陪伴帶我相信，有一個真的我，正常的我，就算自己的妻子已經不是他認識的臉，也願意擁抱我，告訴我，我還是那個我。這是我過去從不敢想像的幸運，是他把痛苦轉變成溫柔，像棵大樹一樣在我身邊，讓我相信我的世界正在變好。就算只是踏出一小步也是有用的，是他讓我知道，那樣微小的變化，是那麼的有力量。

我還想感謝 KaoRi，是她的〈その知識、本当に正しいですか？〉啟發我寫下這些。在讀到文章前，我並不知道荒木這名攝影師，更沒有看過他的作品。但等我想要深入了解這件事時，媒體已經把這個事件渲染成單純的 #Metoo 運動了。我不覺得我經歷的是什麼 #Metoo，或者說，我不想要這樣的事有什麼 too 的部分。不過在閱讀她的文章時，我看到好多熟悉的情感。我以為早已哭乾的眼睛不斷滲出淚水，但和崩潰時的眼淚不同，這是在手術檯上醒來後，第一次覺得自己是清醒的。

希望這個社會變成一個，除了要求我們知道「全部」發生了什麼，更在意每個人的經歷裡，他或她「喜歡」了什麼的地方。

在演習的
早上
開始寫的
小說

3. 在演習的早上

我已經沒有打算扛下一個裡頭有我的群體心念了。即便這裡頭有著什麼我想一起的。

老了，昨日天冷得出戲，帳篷外用牛糞升起了一團火。我靠得近，索性把手套扔掉，將手指放在火裡頭。一陣子，沒有受傷，也沒什麼意義。迪里這樣說話。我借住在他的帳篷，東西都放在空間的正中央，我和他被中間隔開在兩旁睡覺。一個空間，十年後，這塊土地的人們會怎樣？

「你這樣做，火裡也不會開出蓮花。」睡前，迪里的聲音在黑暗中傳出。

迪里總讓我想到沂鈞，我那個從前的室友，兩人都喜歡電影，觀看時，表情一樣的寂寞到無法落淚。迪里曾有過一台底片相機，現在已經壞了。他從地底拿出他唯一完成過的相簿。照片串連緊密令人窒息，軍隊拿著木棍的照片、天山上像是櫻花的照片。天空的雲就像那隻在台階上跳躍的貓，沒辦法抓住它的身影，最後只能用一些偶然瞥過的人和物來證明曾經活著。然而，活著真的是人生重要的一部分嗎？迪里說電影告訴他不是。到了一個年紀，曾經那樣笑過，那樣愛（喜歡？）過，後面的好像都只是為了證明，不能繼續那樣了。死亡也是一種，不愛了也是一種，而長大，如此簡單的東西當然也是一種。

我在邊境的一個餐廳裡遇見迪里，那時台上有個相信上帝的人在演講，在佛和無神的深山說著耶穌，也不知道是不是一個搞不清楚狀況的人。她唱了一首有上帝的歌，叫大家一起唱。牧羊的人們起鬨，所有人只唱最後一個字，餐廳裡鬧得有些樂乎。老闆帶大家牽著被上帝所愛的姊姊，繞著餐廳中最大的柱子轉。我跑出去抽菸，迪里走了出來，說，他好想睡覺。鬧這麼晚的人就是沒有時間觀念。

「你有地方睡覺嗎？」

「沒有。」我說。

「來我帳篷吧，暴風雪要來了。」

我跟著迪里離開城鎮，一週後才知道，餐廳老闆那個晚上，誤觸羊毛裡的炸彈，少了一隻手臂。

「我很喜歡那個老闆。」迪里說。

「為什麼？」

「他教會我很多事情。」

「譬如說？」

「譬如，說著壓力的人，往往是不知道壓力是什麼的人。」

昨日的早上，我和迪里一貫地趕著牲畜到水旁，遠處傳來喇叭聲。印軍的年輕弟弟從貨卡上跳下來，他跑向和迪里和羊群，兩人交頭接耳了幾句。弟弟跑回車上時，注意到我身上的相機。雖然不是什麼大砲，但他明顯非常有興趣，兩隻手舉起在頭側比出按快門的動作。我說Yeah，一邊把相機從脖子上取下。弟弟接過，檢查了一下我拍過的照片。隨後他問，可以給他拍看看嗎？我說當然。

貨卡沿著山腳消失在視線盡頭，我推開身旁的羊，走到迪里身邊。

「明天印度要演習。」迪里說。

「演習？所以會發生什麼事？」

迪里聳肩：「你明天就會知道了。但我們明天不能放這群傢伙出來吃草就對了。」

「因為怕被炸掉炸死嗎？」

「不是。他們怕中國放攝影機在羊毛裡。」

「這是辦得到的事情？」

「可以啊，有什麼不行。」迪里環顧四周，用長長的竿子點向遠處的羊：「你看那隻、這隻，還有……小藍，你不覺得牠們長得不一樣嗎？」

沒有，我覺得都是羊。

「這幾隻都是中國塞攝影機在裡頭，把牠們趕過高山過來的。本來不是我的羊，所以長得不一樣。」迪里問我：「你有當過兵嗎？」

為了配合印軍的操演，演習的一早我們在四點多起床，五點半迪里拿了兩張板凳到帳篷前。我們喝著胡椒味很重的茶，無所事事直到七點半。戰鬥機不斷在我們頭上飛過，我回想了一下樣子，因為板凳很矮只能坐著，於是開始用很彎曲的姿勢睡覺。醒來，整個世界仍然一片沉寂，迪里靠著一根柱子入睡。我想起自己從前當兵的樣子。部隊裡到底能不能睡飽，我總覺得答案是否定的。從前在新兵營區，或許是開著冷氣，也或許是那時鄰兵比較安靜，我作了一個接著一個的夢。但到部隊後，每個夜晚在和酷暑奮戰，除了在颱風天後的西南氣流裡夢到了萬里花，就沒有別的夢來拜訪我了。

這樣的生活感覺過得很臨時，隨時隨地都可被更換，而世界亦不會察覺到這個改變。外頭、裡頭，都沒什麼差別，一天天看著還醒著的鄰兵，重複的時間，感覺好像置身世外，也好像忘記正活著。

那時我們也經歷了一場演習，但沒有發生太多事情。連長在前面說：「演習視同正式作戰。」

迪里正好醒來，於是我跟他說了當兵的事情。他聽完後，走進了帳篷。出來時手上多了副望遠鏡，我看向鏡頭的另一方，發現山澗的夾岸，穿著不同顏色軍服的兩隊人馬正對峙著。手裡拿著盾牌、木棒，他們拿起底下的石頭，往對面砸了過去。

雖然耳邊只有風聲，但仍依舊感覺得出來那是場衝突。

迪里接過望遠鏡放到自己眼窩上，咕噥著說：「這次是丟石頭啊？」他放下望遠鏡：「這就是我們的演習。」

「兩邊都是印度軍嗎？」我問。

「不是，一邊印度，另一邊是中國。」

「那這樣子不怕出事？」

「出事？你是說，有人死掉？」迪里說：「有啊每次都會死人，別小看石頭，他們只要在那個地方滑倒都很麻煩。」

「我以為，打死別國人是很大一件事。」

「是吧，有人死掉都是很大的事情。」迪里把望遠鏡遞給我，我看過去，兩邊現在都各自退後一些，離開中線間隔的小溪。面部激烈的表情，感覺是斥聲在對罵著。

「我第一次看到時也以為要打仗了，但什麼事都沒發生。」迪里這樣說著：「後來我就學會了，每次兩軍有交鋒，我隔天就聽ＢＢＣ，看到底打死人算衝突了嗎？要發生什麼事情為止才能叫做戰爭呢？像今天的等級就是，丟石頭加戰鬥機飛過去。不知道，感覺也還不會算打仗啦！」

山谷上的雲像是快要掉下來一樣。

那個演習的早上實在過於無所事事，太陽出來後不久我便躲回帳篷裡。整理相片時，發現昨天和我借相機拍照的弟弟拍的照片。只有兩張，都是羊和做為背景的大山。

我拿出一直放在背包裡沒動過的筆記本，在白紙上寫下第一個字。

次日，我告別了迪里，搭了一個大品牌紡織廠業務的休旅車前往城市。真皮的椅子很舒服，一不小心便入夢了。

夢裡頭，是我當兵的樣子。萬里花在演習結束的休假開著沂鈞的車在中正交流道旁等我，一見面就給我一個大大的擁抱。只有雙手框住對方，許久。班兵們的遊覽車從營區出來，裡頭瀰漫躲藏的菸味，步履蹣跚。

萬里花帶我直接向南，經過慵懶的椰樹和死氣的海。沂鈞的車是紅色的，儀表板手煞車都還在我熟悉的一個調整，但萬里花開車比較柔順，每個動作都比較緩，她的背影跟沂鈞不會搞混。萬里花問我，在軍中有沒有學會抽菸。我說沒有，她聽了便很清脆很開心地笑回我，還好，我也沒有。

到大鵬灣時是九點三十八分，車道還沒開，我和她在車裡吹著冷氣聽廣播。她從包包裡拿出一條生乳卷，咖啡口味的，分了幾片給我。萬里花問我，包包裡還有兩瓶昨天晚上買的牛奶，沒有冰一直放在她包包裡，看我想不想喝。我雖然挺想喝牛奶的，但還是跟她說不用了。

在車上萬里花說了她在 Tinder 上認識的覺青，到了三十歲辭職去墾丁開店曬得一身黑的政治正確男。兩人約在一間看得到海的咖啡店，萬里花發覺男子看到她時毫無抵抗力，便調皮，想知道為了晚上兩人還能在同一個空間，眼前的異性可以容忍她到什麼程度，於是她開始說一些智障話。

「妳說了什麼？」

「我說我的瑜珈老師很爛，在群組說，那看來大家時間都有卡到我們下禮拜來換時間吧，可是她說的大家根本沒問到我。」

「這沒很智障。」

「還有我問他，為什麼人想要睡著時都不想睡，可是像現在我跟他說話時突然就很想睡呢？」

萬里花說：那個男生沒有注意到很多東西，她的狗喜歡吃白蘿蔔。她打了方向盤，車子緩緩滑入賽車場。

車道裡停著萬里花自己的車，萬里花拿了兩頂安全帽，遞給我一頂並綁起馬尾，結上髮網。「來吧，陪我玩一場。」萬里花說，戴上安全帽，聲音有些模糊：「要認真喔！」

我開沂鈞的車。坐上駕駛座前，萬里花把方向盤上套的彩花布圈給拿了下來，接著拍了下椅背。

「好。」我坐上了車。天空很藍氣候怡人，即便在密閉的車體裡也彷彿被陣陣海風吹拂。我在起跑位置看著萬里花的車子緩緩並列到我旁邊，白色的。她沒有轉頭跟我再多做交流，雙手握緊方向盤，直視前方。

勝負在第五圈的連續彎那區分出來，我沒有保守，也沒有策略，一開始便是狠狠地用能想像的最高速度駛過所有車道。萬里花在第二圈髮夾彎便刷進了內道，搶在我前方視線。我有試圖超車，她也沒試圖擋住我的路線，只是繼續加速。我們像是毫不顧忌對方地向前，但實則也是我不斷地追逐她的背影。

2. 須菩提

時間拉回幾年前的一個盛夏，萬里花邀請我們去她老家玩。那時沂鈞還在，我們開著同一輛車子去的。萬里花的老家在一個簡單的漁村旁，比之大鵬灣還要更南，走長長的省道，看著海洋在大家視線右方出現，我和萬里花打開窗戶把頭探出去高聲歡呼。夏日的焰陽佐著海風的黏膩，我們到萬里花老家時已然接近太陽準備變色為黃昏，她帶著我們離開省道，村子唯一的雜貨店閒閒地開在看得到海的山丘上。門是木造的，拉開進入時，萬里花的奶奶在裡頭隔著上升的炊煙與我們打招呼。

那幾天吃得很豐足，炸魚、花枝，把吻仔魚灑上海菜伴著醬油和飯，蒜頭跟酒蒸蛤蠣，還有一堆西瓜。萬里花的奶奶持續對萬里花的厭食說教之餘，也逼迫我們吞下大量的食物和糖水。

村子唯一的聲音來自幾排房屋外的省道，沒有架設路燈，在快入夜時獨自騎著車經過，舉目所見分辨不出是海還是天空的滿飽，顏色悄然切割，像是什麼被打翻一般，只有葉梢能夠保有輪廓。

晚上，風總是很舒服。萬里花會帶大家出門。去看了兩次螢火蟲，從入口有一塊上帝愛世人旗子的山道進去，經過蟬聲噪鳴的湖泊還有溼地，走在有檜木香氣的廢棄村莊裡。除了看林木間飄閃的光點，尋找幼蟲也是一個重點。在樹木的底下，它們會躲在樹葉底下，只剩一點點光透出來。萬里花的奶奶說，大約比南十字星的亮度再來的弱一點。

進入山裡看螢火蟲的折返點會是峽谷上頭一座萬應公廟，隱隱可聽見水聲。萬里花、萬里花的奶奶和沂鈞會在那裡低頭合十，用自己帶去的蠟燭擺在看似觀音的神像前。萬里花的奶奶打亮火柴，點閃沂鈞手中的香。我坐在廟宇外倒塌的樹木上，俯看漁村跟山道，前方黑暗的是遠遠的海。客運會在九點零六分駛入我的聽覺，由左至右。我想了好多次，這輛沒什麼人搭的客運是為了把人帶來這裡，還是讓人離開這裡？客運喘了口氣褪散在海岸線後，萬里花、萬里花的奶奶和沂鈞鬆開合十的雙手，她們推開吱吱喳喳的木門，揮手叫我一起下山。萬里花的奶奶走在最後，她一個隨手將三炷香拋入底下黑暗的大海。

更多的夜晚，萬里花的奶奶會讓我們帶上一大壺泡著紫蘇梅的涼水去海邊。沂鈞喜歡在消波塊上夜釣，他對此沉默，但樂此不疲。萬里花則是喜歡水，她會吵著拖著把我拉去有照明燈的海。潑水、玩水、潛入水。我們會玩一個叫「海豚的寶物」的遊戲。把身上會發亮的東西，像項鍊髮圈什麼的，用釣魚線綁住，再將線的另一端纏在手腕上，然後用力丟出。對方要在黑夜的海裡找到那發光的東西，抓住，接著緩緩將對方拉向自己，先握住對方手腕的人就贏了。但基本上萬里花的水性太好了，我總在還沒發覺任何一絲光亮前便被她抓住了。

萬里花和我們說過，當她對於這個世界毫無辦法之時，她唯一想到，並用盡全力的，是讓她所在這個世界上所有的人，能在這個世界上能夠好好活下去，不要像她一樣。至少要有一輛車，她說，可以想去哪裡就去哪裡。

萬里花沒有自己爸媽的記憶。她的爸爸來到台灣潛水時，媽媽正穿著人字拖幫忙張羅著房客們的的晚餐。一年後萬里花誕生，但名字還沒取，媽媽便搭上飛機去找爸爸了。經營著旅店的奶奶帶著她慢慢長大，告誡她三輪車千萬別騎到馬路中央，外地來的車都不知為什麼開得過分地快。都市來的男人們喜愛此地的休假，發育甚好的她總是會年齡詐欺，萬里花和她的媽媽做著一樣的工作，早上去到漁船靠岸採貨，中午陪小黃玩，告訴從重機上下來的客人倉庫裡潛水的器具各自的位置，在夜晚的風聲裡問對方能不能帶自己離開這裡。

第一個帶她走的男人在台北給了她一間房，一個禮拜來找她一次，交換體液後抱著她哭。半年後一次萬里花打開門，男子被一個女人揪著領子站在門口。女人說萬里花帶衰，男人的事業賠光了。於是萬里花被趕走，她回去找奶奶。

第二個男人帶著他去了比較遠的地方，她的房間在很高很高的一棟樓中。男人還給了她萬里花的名字。他說，因為妳是來自萬里桐的花。一個美麗的地方。

一次兩人在床上正激烈時，男人突然抽離身體。萬里花撿起棉被蓋到自己腿上，低聲問怎麼了。男子腰打直，看著剛滑開的手機畫面，他說他看個直播。萬里花無事可做，房間裡隱隱閃爍的白光中，兩人一起依偎看著螢幕。男人並沒有放出聲音，萬里花疑惑，男人摸了摸她的頭說，我想看的人還沒上台。

這是什麼？

台灣一個詩人的活動。

他們在幹嘛？萬里花問。

讀詩。

萬里花疑惑地弓起身子，男子離開床鋪去按下熱水器開關，從包包裡取出一包菸和打火機坐到窗邊。那個房間在港區的大樓，十分高的樓層，空調十分安靜，萬里花從沒聽到過聲音。男人站在窗邊看海，萬里花不喜歡那裡看到的海。不夠藍，雨掉落時的聲音像炸彈。

一個頭髮甚短的女人坐到高腳椅上，男人發現，走回床鋪趴到萬里花身旁，把手機的聲音打開。

我要念一首大家都知道的詩。頭髮甚短的女人說。自此，她嘴巴快速動作著。語速甚快，萬里花和男人聽著。

萬里花想問為什麼直播裡聊天室沒什麼互動，但她想想沒問，可能文學總是比較安靜。

「須菩提！如我昔為歌利王割截身體，我於爾時，無我相、無人相、無眾生相、無壽者相。何以故？我於往昔節節支解時，若有我相、人相、眾生相、壽者相，應生瞋恨。須菩提！又念過去於五百世作忍辱仙人，於爾所世，無我相、無人相、無眾生相、無壽者相。是故須菩提！菩薩應離一切相，發阿耨多羅三藐三菩提心，不應住色生心，不應住聲、香、味、觸、法生心，應生無所住心。若心有住，則為非住。」

無數次須菩提，房間內迴光疊影。

萬里花在幾個日光過後不告而別，她用男人給她的信用卡買了張機票回去萬里桐，奶奶坐在桌子的對面，萬里花喝著她從冰箱拿出來的檸檬水。酸酸的，那天的夕陽不知為什麼特別乾淨，比男人那每天請人打掃兩次的房間都還清澈無垠。萬里花問奶奶她是怎麼長大的。聽完奶奶的故事後，隔天她騎著車到鎮上農專，她走過穿著運動服從身邊跑過的弟弟妹妹，進去一間辦公室坐到一個十分和藹的老師對面。

萬里花從那天起學習趕上正常人的步驟，她自己也不確定她完成過哪些。男人給的那張卡直到今天還是刷得動，但萬里花只有在買不是自己的東西時才會刷它。

我和沂鈞跟著萬里花，三台機車在恆春半島亂晃，每天都騎超過一百公里。半島的特點是，只要往左往右，半島的東面西面，人們可以在一天裡看到大海的日出和日落，萬里花說，這讓她知道，所有事物都會有好的和壞的不同面向，善良的惡意的，一切只和時間有關。早上東邊的旭日會像正義一般理直氣壯地蓋上大地和房子，在黃昏時卻又狡詐並無辜地放任黑暗勒住山裡每個轉角。而在日出時對陰影那樣眷戀遲遲不願放手的西邊，在日落時卻像這個世界所有的美和善一般，用天空告訴人們一天之中最魔幻的故事。每一個日子之中都有這兩個時間，在絕對黑白是非對錯之間，用時間留下一點溫存，交替時的空隙，天空，日出和夕陽，顏色的層疊，好像整個世界在那時才逃脫善惡價值的判斷，顯示出原本多彩綺麗的光影。黑暗太過耀眼，而光明又過於絕對。萬里花喜歡在這兩個非黑非白的時刻騎著車，在恆春半島的高低起伏裡觀看這些，整個世界光絢迷盲，流動。

人都會變壞的。

一切只是在演戲，如同一天有二十三個半小時你可以清楚指出此時是白天還是黑夜，是好的是不好的，但那都是我們在演戲而已。

萬里花說。

我覺得世界只有黃昏和天明時才是真的，沒有被光影勒索。很多東西只有這兩個時候，才能看得到。

她帶著我和沂鈞在山坡上，日出時看向西邊，日落時看向東邊。流火之中，光的偏折讓巨大的雲變成鯨魚，直直地朝著它們騎去，會被雲偽裝的山給欺騙到。萬里花說，她會在這兩個時刻，當大家都被絢爛的光吸引時死死地盯住反方向。那是人類目光的背面，卻不被大家注視，好像它沒有價值一般。但萬里花喜愛這些，彷彿看到自己一般。

假期和夏日的提早結束，是因為萬里花奶奶的身體。我和沂鈞在喝著蜂蜜蘆薈有風鈴的下午聽到後院傳來硼的一聲，奶奶在曬衣架下倒下了。沂鈞和我把奶奶搬到車上後，沂鈞叫我騎腳踏車滑到鎮上去找在幫忙奶奶買車的萬里花。他先載奶奶到醫院。我在市場裡賣雞肉的攤子前找到萬里花。她很冷靜地把菜籃請攤子的伯伯幫忙處理，接著踏上她騎來的單車沿著山坳滑往醫院的方向。時序近晚，西曬的陽光打響葉子和鳥鳴。萬里花的車騎得過分地快，我緊跟在後頭。雖然我也知道到醫院的路，跟不上萬里花也能到，但我不想跟丟萬里花，我不想錯過接下來任何時光。所以，我只是緊緊地跟著她。

我只是緊緊地跟著她。

1. 玻璃的底部，都是夜晚

沂鈞說，他很怕黑。在被拱上台唱歌後，沂鈞一下台就跟我說他昨天四點才睡著。宿舍的冷氣壞掉，他全身燥熱發癢，翻來覆去到現在仍奇癢難耐。深夜時他本來想去浴室沖涼，但外頭廊下的燈都關了，他怕黑，他很怕黑。

宿舍是六個人一間的。入宿那天我晚上才到，開了門裡頭五個人一起望向我，對視了三秒，沂鈞搖搖手中的撲克牌和我說，要不要玩？

大部分時候要找沂鈞都是去他宿舍上的床上找他，包括上課時間。那天沂鈞不知道是哪條神經錯了，七早八早和大家去吃了豆漿和燒餅，接著睡眼惺忪地進了教室。上了課沒幾分鐘，老師就喵了沂鈞這位鮮少露面的大一生，緊跟著莫名奇妙地就上台唱了歌。沂鈞下台後瘋狂地喝水，喝光了他那瓶也灌完了我的，下課還直奔超商。他跟我說，他怕人群。我跟他說，這不像怕，這比較像討厭人群而已。

沂鈞討厭，或者怕的東西還有綠豆跟紅豆。學校附近有一家夏天賣八寶冰的店面，我和沂鈞有時打完工會騎過去吃一碗再回宿舍。沂鈞的那碗冰裡永遠只有圓仔、糖水跟冰。沂鈞喜歡吃麻糬，但他也從來不碰紅豆口味，只吃花生或芝麻的。其實沂鈞最愛的是熱的，更像年糕而非麻糬，沒有加任何餡料的糯米團。沂鈞說他家裡在秋天會做的那種。要找一個重心不穩的盆子，裝半滿的水，倒入糯米，以一個方向攪拌，讓水上下搖擺，讓水流把比較輕的糯米浮到上層，再以另一隻手撈出，重複做上幾次，等碗底剩的都是差不多的糯米後，再進行後頭的步驟。沂鈞在深夜浴室的烘衣機前和我說並示範這些。他說他怕黑，叫我陪他去把衣服拿出洗衣機然後等烘衣機一好馬上放進去。示範完後，沂鈞和我說，如果我是女生，他就會再補上一句，剛剛那都是騙人的。因為女孩子，總是喜歡聽謊言。

所以剛剛那些是真的嗎？

是啊。真實都長得跟謊言類似。

沂鈞最喜歡的時間應該是排戲的時光。他說，那應該和觀看晚上的風感覺差不多，當它們在晚上穿過樹梢的時候。沂鈞怕黑，但他喜歡夜晚不睡直到天亮。在六人的寢室，他會在門禁前戴著一頂帽子和波霸奶茶和一袋鹽酥雞回來。天冷時從床鋪拖下他的棉被包裹自己坐在電腦前，盯著電腦和一個黑夜共處。大部分時間是玩著各種不知道從哪發覺的小遊戲或寫著不知名的程式。有一次，我打完工去麥當勞買了大薯買一送一，回到宿舍後吃太飽無法入眠，看他位子上還亮著燈便爬下去找他。沂鈞在看電影，看到我，從袋裡插了一根米血給我。我那個晚上和沂鈞看完了那部電影才睡，但其實眼睛才剛閉上又被沂鈞挖起來吃早餐。那電影叫《天才一族》。沂鈞看電影時的眼神很專注，映著電影的光很像裡頭藏著愛人與愛的祕密。不論任何電影，即便後來我和他看《驅魔實錄》和《天使聖物：骸骨之城》這類片子時，他也是同一個眼神。這是我一直對沂鈞非常親近的一個原因。

我和沂鈞有一陣子喜歡去交誼廳跟體育系打麻將。有一個下午，我和沂鈞輸了一萬多塊，但才剛到南風。這時，交誼廳的鐵門被大力地敲著。

「誰在裡面鎖門，出來！」

是舍監的聲音，兩個體育系互看一眼，立馬從窗戶身手矯健地爬了出去，沿著牆壁爬向頂樓。我和沂鈞把頭探出去。

別傻了我們不行，這裡是五樓。

我知道。那要怎辦？

舍監應該知道兩個人打不了麻將吧？

等不到人開門，舍監自己默默地走了。但我和沂鈞再也沒遇到那兩個體育系，聽說他們帶校外的女生進宿舍時給了過量的藥出事了。總之，沒有人知道那天如果西風起了會發生什麼事。

排戲，沂鈞在我們不知道的情況下去試鏡，電影的，失敗了。但認識了一個短頭髮，眼睛大大，有稜有角，非常瘦的手臂戴著CK腕錶的女生。像沒睡飽或吸毒超量的精靈。她是電視台來支援的工作人員，問沂鈞想不想去劇場試試看。沂鈞問我，我說這女孩子我滿喜歡的，去啊！

沂鈞的生活在那之後變得略微充實，像夏日城市裡在地鐵各個匆忙的身影。早晨起身，和我一起到學校旁的鐵皮屋吃早餐，時間甚早。沂鈞滑著手機，只有需要晨練的體育系在旁一起吃。即便寒冷的冬季，體育系的妹妹依然可以露出緊緻結實的四肢，喝冰豆漿或冰奶茶。上課，沂鈞或去，或不去。大部分無法在課堂上見到他，有太陽的時光裡往往只會在正午室友們一起吃午餐的習慣裡看到他。有時臨時回寢室拿東西，他也不一定在，只有他大大的耳罩式耳機掛在窗前，聽著窗外的樹枝和葉一塊擺動。

晚上，我在打工，星期一和四沂鈞會一起去賣手作餅乾的蘇媽媽那裡做夜班，剩下的日子他會去排戲。蘇媽媽那裡的制服是一件淡天藍色的圍裙，上班時要穿牛仔褲和有條紋的上衣過去。為此，沂鈞還特別和我一起約了一趟去UNIQLO。

我喜歡那邊那個店員的感覺。

哪個？那個男的嗎？

不是，右邊那個短頭髮、瘦瘦的。

喔，對，看到了，滿可愛的。

嗯。

很像你們劇團團長。

嗯。

我在禮拜三的打工是去到北投捷運站旁的一個小補習班上課，沂鈞那天排戲的場所在唭哩岸。我在上課結束的傍晚會到捷運站會合，一起搭上下班的人潮和陽光，從那個城市的中央一路搖晃到城市的北方，分別三小時，再在人潮裡尋找彼此。

只是接近年末，這趟路就必須裹上大量的外衣，棉T、羽絨外套乃至圍巾和手套、毛帽。那時我下班後，會跟沂鈞在那個城市的北方幾個地名流轉，士林、淡水、芝山，還有很多。尋找溫熱的食物，也找一個和我們一樣渴望溫暖跟安穩的同類們聚集的屋簷。最常去的點在圓山，一對年輕的哥哥姊姊經營的關東煮店。木造的裝潢，有點貴的價格。沂鈞總是戴著帽子去那裡，店主姊姊說她和她男朋友有時會去捷運站前唱歌，也是個眼睛大大，頭髮短短的瘦女生。沂鈞說他會去聽，但我不太相信。

只要遇上小學和國中的段考，北投的補習班就會停課一週。沂鈞邀我去看他排戲。不然你在宿舍也沒事做。沂鈞說。

劇團的人大都是一些和善、偏執、酒精的人們。喜歡食物、鑽牛角尖，有一些異於常人。你知道，有一些畫面會是一個人成功後看著歡舞的人群，獨自靜默坐著，看著。好像在此之後成長了什麼。沂鈞說。我點點頭。他們就是相反，一群依靠失敗成長的人們，吞噬失敗，與此共存共榮，看一個無人無光的劇場。重複，不斷沒有止境的失敗，堆疊，再堆疊，如此成長，終老。

我喜歡的位置是舞台的右側，以相對位置大約是第三排。短頭髮的團長是個頭腦機巧的女人，稍稍喜歡用眼袋調戲年輕男孩子，下方有紅色眼影。

有次她和我打招呼，一時間不知有什麼話題，我就問她，妳覺得演戲像什麼？

演戲喔……像演習吧？

演習？

不覺得我的諧音很棒嗎？

好爛。

演戲，就視同正式上場呢！

她習慣坐在我的左前方盯著舞台上的排演，弓著身，瞪著眼。一開始，我會害怕和她的溝通與交流，感覺像隻小動物面對不懷好意的大野狼。但見了幾次後，就發現，她是個很寂寞的人。

寂寞的人？

對啊。像我們一樣。

什麼意思？

外表冷冷的，但只要遇到願意和自己對話的人，還是會主動地去和對方談話。

大家不都這樣？

是嗎？

是啊。

團長嗜冷。她會把每個練習的地方冷氣開到最強。她喜歡香氣，自然的，像花，蘆葦，還有菸草，但她討厭剩餘的氣息。像燒肉，火鍋，還有鹽酥雞。所以團練的地方不會有人帶食物進來，大家會用保溫瓶帶茶包沖熱水，藍的，淡綠的，桃紅的，白的，黑的。久久去一次的我總會忘了跟大家的習慣帶上一壺熱茶對抗那開得過強的冷氣。沂鈞會叫我喝他的，而同坐在台下的團長也都會把她的倒一杯給我。團長喜歡莓果類的茶，顏色總是比琥珀更接近純潔一點。

沒沂鈞戲分時，他會坐來我旁邊，和我講解正在排演的戲、演員正想突破的點、製作道具的事。而有興趣的是，演瘋子 B 的長頭髮姊姊，演強暴犯的像 gay 的大哥哥，演離家少女的眼睛空靈妹妹。沂鈞說，那其實也是姊姊，喜歡穿湖水綠的衣服，矮的，下戲後其實很不喜歡說話。而那哥哥不是 gay，養了一個年紀比他大的女友，和一隻叫牡丹的貓。他喜歡把貓咪的頭塞進自己的嘴巴。倒是那長頭髮的姊姊喜歡的是短頭髮的女生，運動系，還是海灣旁大學的教授。不是團長，團長跟運動扯不上關係，不過你還是別肖想了。

劇團公演時，沂鈞把我拉去當工作人員。地點在一所高中借了體育館。沂鈞給了我成堆的大型黑色垃圾袋，把它們剪成平面，幫住所有有光透進的窗戶和縫隙。有一些地方，需要一個人在看台，另一人合力用透明膠帶黏合黑色垃圾袋垂下後的間隔。花了一個上午，包裹那建築物成一個緊密無光的盒子，除了左上角落有個氣窗，沒有梯子，也沒有突出的物品可以攀爬而上。沒辦法接好，也無除掉它的光的方法，只能任它變成唯一的例外。

生活後來慢慢變為這樣，認真，用力，和友善的人一起度過日夜，但結果往往跟自己想像甚遠，永遠有例外，永遠有無奈無法完成的事。變得熟稔，變得安靜，變得常常想到以前。起床，吃早餐，等下雨和回去拿雨衣和傘，想下一餐要吃什麼，打工，排戲，看星星和電影，學習看的到的和看不到的。偶爾睡覺，也休息。沂鈞對演戲這件事愈加上手，角色，自己，自己，角色，抓住人們的目光，也抓住許多人的心。他在夏季公演，也就是他加入劇團的第三次公演後和頭髮短短眼睛大大的團長告白，就在慶功宴上。

沂鈞說，他覺得演戲是一件很特別的事。他說，這讓他第一次意識到，他是站在台上的。在知道演戲這件事前，他覺得最大的任務，是當個不會吵鬧的觀眾，坐在台下知道掌聲的時機點，還有用英文叫台上叔叔的瞬間。不要搶拍，但他也從來沒想過，會有不拍手的人。他從前以為，在台上演戲就是在假裝著什麼，一隻喜歡吃紅蘿蔔的狗，或擁有討厭與絕交故事的人。而演完了下台，這一切無關。他以為一輩子可以這樣活完。

我問他，你什麼時候發現不像你想的那樣呢？沂鈞說，我做著我自己的事，然後有人拍手。我下次不那樣做事，他沒拍手，說我變了。我嘗試拙劣地完成對從前已經沒有感覺的我的模仿時，大家拍手了，說我太棒了，恭喜。

我和劇團的團長在外頭遇到過一次，那是台北市其中一間圖書館分館。我是因為系上有個課程才去那裡的，在週末，講故事給小朋友聽。不過輪到我們那組時，下大雨。只有一個小孩出現，大約六年級，而我們這組有三個人。我很想問那個小孩要不要打麻將，因為我們選的故事書明顯閱讀年齡比他小了五、六歲有。小孩很不耐煩，但他媽媽把他丟在這裡消失了。

而團長，只是因為躲雨才待在那個圖書館的。

直到說故事的時間結束，小孩的媽媽都沒有出現。我的另兩個組員都要約會，紛紛先行離去。團長看我一個人，走了過來。她和小孩說了很多恐龍的故事。很精采，小孩和我聽得都很開心。

窗戶外面的雨滴愈來愈清晰，我那天覺得，那些雨好像也很害怕天黑。它們在趕時間，趕在天黑之前要降落到地面，不然，可能會迷路吧？

圖書館的志工來跟我們說，她會帶小孩等她媽媽，我們可以先走了。走到櫃台旁時，團長問我：「你不借個書嗎？」

我忘記那是哪一間分館了，不過，那裡旁邊有一條溪。我拿了一本漫畫，團長拿過去看，是山下知子《日波里的清晨》。只有第二集，第一集不知被誰借走了沒有還。

「喔，我看過這本。」

「真的嗎？」

「而且還是日文版的。」

「妳看得懂日文？」

「一點點。」團長把漫畫攤開，書頁在指尖快速劃過：「幾年前我有去日本，還演過日劇喔！」

「哇，好厲害。」

「沒啦，幾秒鐘的鏡頭而已。」團長把漫畫還給我：「日文也沒有很好，像那時就沒有看懂這本。」

「這樣就沒辦法問妳這是什麼樣的故事了。」

「還是可以啦。不過，硬講的話，」團長頓了一下，看了看玄關天花板兩三隻飛蟲環繞的日光燈，用更輕的音量說道：「就是一個，沒有人相信別人的故事而已。」

我們走出圖書館不斷開闔的自動門，外頭雨已經停了，水滴沿著建築物的外簷滴落。回到宿舍後，我便讀完了那本漫畫。沂鈞那個晚上很晚才回來，他那陣子輸很多錢，於是一回來就要求打麻將。我猜拳猜輸了，於是上去床上等人換桌。那天有個人南風連十三，那局麻將好久，於是我也看了那本漫畫好多次。

漫畫裡頭有個叫安倍美知華的國中女生，她寫了一封信給十年後的自己。

0. 十年後，給二〇二三年的自己。來自二〇一三年的自己。妳現在……在做什麼呢？這十年，妳是怎麼過的？現在從事何種職業？與什麼樣的人們來往呢？有沒有遇到什麼，好事或厭煩的事？二〇二三年是怎樣的感覺？還在煩惱……目前我正在煩惱的事嗎？還是說妳早就不在意了？二〇一三年的自己，無法相信人。無論是自己，還是別人。因此我認為，有必要回顧一下。二〇二三年的自己……妳覺得如何呢？是否已經有相信，以及能夠……相信的事？二〇二三年的自己，妳和二〇一三年時的朋友，現在仍是朋友嗎？還是說……妳已經徹底忘記十年前的事了？十年後的自己，妳現在，過得好不好呢？我想我，應該已經忘記十年前的事了。或者說，十年後，二十四歲。還有十年，我並不想活那麼久。

明天，我想在睡夢中死去。

沂鈞在運動會那天被系上的人衝進宿舍從床上抓走，說大家有幫他報名一萬公尺。他半夢半醒，其他四個人還在睡覺他不敢開燈，寢室前鞋子太亂他找不到自己的，就穿著我的去跑了。我不知道大學還有運動會，但那天下雨我也不是很有興趣，便去買了早餐回寢室等，順手買了他的。快中午時沂鈞才回來，他一眼認出我幫他買的奶茶，張口便吸。他屈膝坐在椅子上，從口袋摸出一面獎牌和一張爛爛的獎狀。

早知道最後就用走的，他說。前幾圈有個人一直跑在他旁邊，那個人最後用走的，就不用等頒獎。

生活後來慢慢變為那樣，對著筆電敲敲打打趕著報告，戴著耳機。桌角的手機隨時會響起，大部分是工作上的，補習班的學生問的問題，餅乾店同事要調班。少部分是只在課堂交集的大學同學，幫她占位子或是明天的報告。沂鈞會在深夜時拉我去洗衣服，偶爾烘衣服。早餐他固定吃著鐵板麵配蘋果汁，我後來愈來愈常喝豆漿。每個白日都渾渾噩噩，每個暗暝都靜謐無聲。沂鈞離開劇團後去買了一支純白的吉他回來，從基礎和弦開始彈，在宿舍頂樓的曬衣場跟抽菸和藝術系戴著面具噴著畫的人一起。我太喜歡和他一起上去，挺無聊的，夜裡的城市光太高太亮，而且每一扇窗戶的光亮都太像孤獨。這個城市也太愛下雨，燥熱或寒冷，下了一個又一個故事，卻好像，都沒有人有結局。

我和沂鈞看著烘衣機裡裝得過量的衣服笨重地旋轉。

我覺得她想找的是把人生演好的人，而不是戲演好的人。後來團長寄了囍帖給沂鈞時，沂鈞這樣跟我說。對象是個企業家的兒子。

我雖然下意識地感到沂鈞這句話裡頭的意思是：我不想演我的人生，我的人生我不想演。但這句話對我來說有點太殘忍。我不太想去想這句話是沂鈞對他迷戀過的女生的評論或結論，所以我只是跟著他搭了久久的捷運到了圓山，去那對有街頭藝人執照情侶開的關東煮店。哥哥不在，姊姊說他在外面欠人錢跑了，我和沂鈞吃了一堆莫名奇妙的關東煮後，他又把我拉進花博園區裡一家一看就是在騙觀光客錢的咖啡店，點了一壺什麼英式莓果茶的，有夠難喝。我們坐在滿是香水的店裡，沂鈞打開他的筆電，重複玩著一個在平面上跳來跳去的遊戲。突然他說，我找到Bug了。我站到他身後，他指著螢幕右上角。我看了很久，說我看不出來。沒關係，就只是個遊戲而已。

我們一直坐到那家咖啡店關門才離開，走到捷運站時，發現關東煮店的姊姊自己一個人站在廣場上唱歌。我和沂鈞坐到地板上，聽著她唱歌到我們沒了末班車可以回去，起身時還發現兩人身上都沒錢了。沂鈞問她可以LinePay嗎。姊姊的Line沒有頭像，名字叫萬里花。

大三開學後的第二個禮拜五是萬里花的生日。我和沂鈞被邀請到她的租屋處，帶著炸雞和刮鬍泡。雖然食物充足，但萬里花仍準備了飯和水果。萬里花是那種不會讓別人幫她盛飯的女生。

在我們衝到廣場互砸刮鬍泡之前，萬里花提議要一起去考駕照。這是比較稀奇的事，在我們三人的相處裡，她是最不容易主導我們要做什麼的人。

一起去上駕訓班吧。

好啊。沂鈞說。

我回來的路上有看到，三人報有特價。

ＯＫ啊。沂鈞說。

我一語未出，但我喜歡萬里花和沂鈞認定我和他們沒有差別的感覺。

（如果）

我的姊姊是

石原聰美

「啊，幹。」

我的視線從電腦螢幕前抽離，打直胸膛，看向坐在一旁的姊姊。

「怎麼了？」

「你看。」

她舉起手中一瓶易開罐的寶礦力水得，拉環移位微微翹起，看來是打算打開可是失敗了。

「指甲斷了喔？」我問她。

她搖搖頭。我覺得也是，我姊是絕對不可能把她的指甲伸進易開罐拉環中間然後被掰斷的。

「你看。」她彎下腰，從地上撿起兩塊不知名的物體。是從中間斷成兩半的信用卡。

「妳真的很誇張。」

—

我媽對我姊，特別是離開家裡之後的我姊，一直覺得她「有病」。潔癖到有病，吹毛求疵到有病，連流眼淚頭都要跟地面平行讓它直接滴下去不能碰到肌膚會傷到，整個人都有病。但對我姊來說，這些是理所當然，更甚至，她覺得她從以前所在意的小細節，例如下雨天撐傘搭捷運一定要長傘，然後一定要套透明袋子，這些都是身為一個人維持基本的步驟。

「不然雨水會濺到別人身上。」姊姊小時候曾經解釋給我聽過。

我會覺得，我媽說我姊有病這件事對她來說是一個赤裸裸的攻擊。說她有病，不是正常的，是代表，我媽才是正常的，而正常是應該的。只是姊她也希望自己是「正常」的，所以面對我媽那種妳不正常妳有病活不下去啦的態度，會特別惱火。

「那如果旁邊的人傘上面的水濺到小腿上一點點點點點點妳ＯＫ嗎？」我問姊姊。

「我當然可以啊！」姊姊說：「可是就會對接下來要見的客戶或朋友很不好意思，褲子上有水漬的話對對方超不尊重的，所以其實是不ＯＫ。」

「沒家教。」姊姊這麼補充。

我覺得這個地方可以完全展現出我姊對自己的態度，就是「有病」其實沒差，我姊大約心底也覺得自己有病，可是是真的那種病，關於人的缺陷，她不會逃避與否認。但敢說她不「正常」，並且同時還宣稱只有自己是「正常」，例如我媽，她就會整把火燒起來。

「那妳會覺得媽有病嗎？」

「不會啊，就覺得她很髒而已。」

或許是同樣都抱持著類似的想法，我和我姊，兩個人都已經許多年沒有回高雄了。太久沒回去，過年不回去、中秋不回去、阿媽的生日，兩個人都有默契地缺席。每次春節左右，我媽都會打來探聽一下今年的風聲。幾年前還是：「你姊已經說不會回家過年了，啊你有要回來嗎？」也慢慢變成：「今年過年回來一下吧？」總之我們可能都已經忘記自己上次回家是幾歲的事情了。

但其實年這件事，或者說，這個概念，就是我們兩人和這個世界標準不太一樣的地方。我姊的記法是：十八歲之後，就沒有年了。所以一般人認為的十九歲生日，對她來說是十八歲又三百六十五天。二十歲，是十八歲七百三十一天，她剛好那年是閏年。大約是這樣的算法，據她自己說，一個人大約是十八歲三萬天左右。

我的話比較簡單。我十七歲，大約從十多年前就是十七歲了。一直到今天，明天，都會是十七歲。

堅持這樣的生活方式，對我和我姊都造成許多困擾。例如上一個冬天，我曖昧對象是個還得每天穿著制服去搭公車上學的小女生。她明明晚了我滿多年出生，但在我們認識時她卻已經大我一歲。她十八，我十七。她跟我姊同年，我姊比她大幾天而已。幾千天吧。但其實還好，十七歲的少年對這個世界本來就很不友善。我十七歲很多年了，一直在嘗試跟這個社會找到共識，但也一直失敗。人習慣自己不成功的樣子久了，也會覺得改變沒什麼必要。

我姊再三跟我確認，在台灣和高中女生交往沒有法律問題。她那天很誇張。就是，平常她就很誇張，但那天當我跟她說我正在跟一個大我一歲的姊姊來往，瞬間眼睛瞪大，死死地盯著我看。在日本，和還在學校的未成年少女有戀人關係是一種犯罪。但我覺得我姊只是擔心，怕十七歲的弟弟還不懂事，會被十八歲的女學生給套路走。

「喜歡年紀大的女生你很有經驗。」她這麼說：「但不是這種。你要有幾次十七歲我不管你，只是上次跟我說你喜歡的女生是十八歲已經是十年前的事情了。記得嗎？」

她那天忘了帶現金出來，我們約在一家小巨蛋附近一間韓國餐廳。從 UNITED TOKYO 的紅色褲子裡撈了半天，那件寬寬的，口袋也特別大，但最後只有一個十元銅板。她打開皮夾，是有鈔票沒錯，但，是日幣，一萬的三張五千的一張。我懶得嗆她，她走進店裡時，穿著紅色西裝外套一身紅還配一頭後梳 All back。我已經整個大傻眼了那時，這樣大根的辣椒在台北街頭行走我還是第一次看到。幸好最後那家餐廳可以刷卡，我那天是沒打算付錢的，完全沒有。

二

我姊口中那位，上次我喜歡的十八歲女生，是我們的鄰居。我們什麼時候認識，可能都得從各自出生開始算。因為嚴格來說，是我們兩家人的爸媽認識，朋友關係只是我們三個人降生於世時的贈品。

林卉慈作為一個水象星座，我認識最久的一位天蠍，我們在國中時一起偷了人生中第一台腳踏車。我姊沒有參與，身為一個以後要當女演員的人，小時候當然不能偷腳踏車。她只是站在旁邊看而已。

從小我們兩家出去玩，我永遠可以獨占一張床。因為從我姊和卉慈進房門開始，世界上就不會有比抱著棉被躺著聊天更重要的事了。吃飯也是三催四請的才上桌，吃沒幾口就說吃飽，回房間繼續講。有時候晚上還會把我趕去爸媽房間睡，她們兩個在遊覽車上睡飽了所以會一路聊到天亮。小學的時候，到了禮拜五或是週末的晚上，姊她就會問爸爸要不要去卉慈家。爸總是會很無奈地說：「還去啊？」「每個禮拜都要去啊？」他跟林伯伯是同事，早上要看到林伯伯一整天，放假了又要再見面。我姊每次一進去卉慈家，迅速地打了聲招呼就會直接衝上卉慈房間。我一般都還會繞去廚房看一下，摸一下，反正上去她們兩個女生也不會理我。

小一升小二那年暑假，我們三個報名了暑假游泳密集班。教練是個國字臉、肌肉很大的哥哥。在國小門口拿到的那張傳單上說，保證三個禮拜讓孩子一次學會蛙式、自由式和仰式。我姊在第三次上完課跟我媽說，那個教練哥哥上課的時候一直拉卉慈的手，還會抱她。隔天上課，哥哥就不見了，換成了一個有點年紀的阿婆。阿婆其實算大肌肉哥哥的師父輩，也就是我們的祖師爺，嗎？臨時要找沒有爭議的女教練來填這個空好像很困難，最後沒辦法只好去請以前聽說是專門在訓練國手，但早就退休的婆婆。婆婆第一天上課看了我們的游泳姿勢瘋狂搖頭，就刁了我們的蛙式一整個夏天。自由式什麼的，依阿婆的說法：「毛長齊再說。」

我們兩家住在旗津，是一個高雄港外邊的沙洲，南邊和前鎮有一個海底過港隧道連接，是我們通勤來往台灣本島的主要方式。北邊則是跟鼓山渡輪站有對開的遊輪，每每放假觀光客便會癱瘓那附近交通。從我們家的窗戶看出去就是高雄港，在對岸站著六台很巨大，好像一塌下來就是世界末日的貨櫃起重機。爬到頂樓水塔會發現四周望出去都是海，也因此，學會游泳小時候對我們的意義可能跟後來開始騎機車差不多，好像自己可以到這個世界的任何地方。

對高雄來講，不適合下海的日子只有兩種，一種是颱風天，另一個是冬天。這兩個加起來大約一年有一個月吧，所以剩下十一個月都是我們衝進海浪裡玩耍的天氣。我們最喜歡中洲汙水處理廠後那一塊水域，那邊最刺激。別的區域浪的頻率可能是三小一大，或者四小一大。但那塊海域，暗流多，特別混亂。勉強要講，旁邊廟口的阿伯都說這裡的浪是九淺一深。意思就是以十次為一個周期的波浪，也可以說要別的地方三個海浪周期的能量積累才會爆發一次。但那一「深」來得十分隱祕，往往等人有意識的時候，已經來不及掙脫了。

要判斷那道「深」是有訣竅的，它會躲在幾個浪中間，就像正常的而已。但在靠近岸邊第三次下墜之前，因為地形的關係，會不規則地突然吸收前後兩波浪的能量長大起來，從視線抬高壓過遠方的海平面。對海不熟的人很難想像那道「深」撞上岸的規模，只是感覺有一點不一樣。我小時候作了許多次惡夢，就是泡在海裡的我旁邊突然出現一道「深」。被浪往海裡扯過幾次的自己，當然深知海的可怕。不斷地往前撲，想要回到岸邊，海卻一直拉著你，往你自己身後去。廟口的老伯說，那邊又叫九死一生。

我沒有被「深」捲進去過，我們三個人裡面唯一遇到過的是卉慈。她說，那很像一隻鯨魚出現在身旁，然後把人吃進去後，迅速地下沉回深海。幸運的是，小時候那隻鯨魚並沒有帶走她，我和我姊拚命把救生圈壓進水裡給卉慈後勉強讓它失敗了。三個人回家時都沒和大人提到這件事，這是這個世界上只有我們三個人知道的祕密。

三

其實和一般想像的不一樣，我很少看姊姊的作品。不管是電影還是電視劇，倒不是因為太熟所以看到她出現在螢幕上會尷尬，而是單純身為一個社會人士，並沒有那麼多時間而已。不過作為弟弟，我還是常常能感受到當她弟弟的壓力。特別是長大後，有些場合總會碰到介紹我時我姊被提起。應該說，每一次。如果只是我單獨出現，可能在吃飯，在工作或研討會上有人說欸他姊是石原聰美耶！大家可能反應不會太大。因為也不是所有人都知道石原聰美，更不是所有人都對我姊感興趣。大部分的反應不會太大，但我可以從那個人介紹時感覺得出來他對我跟我姊的看法。如果是：「欸他姊是石原聰美耶！」這個人很大可能是她的粉絲，至少是對我姊是有好感而且會注意的。這句話裡，往往有驚訝有羨慕。

不過有一次，在我剛去日本就學時，研究室的教授邀請大家去家裡吃五平餅賞月。「他是石原的弟弟喔！」教授這樣和師母介紹：「石原聰美的弟弟，就是這個人喔！」那是一對很善良嚴謹的老夫婦，聽到教授這樣的介紹時我趕緊回：「家姊一直以來受您照顧了。」師母笑著回：「姊姊有這麼一個漂亮的弟弟也真是辛苦了，我們家老的一直給你們年輕人添亂吧！」我其實分不清楚這是不是禮數周全的夫婦一貫的溫柔或是客套，但卻讓我第一次見面就好喜歡她們。

從很小的時候，十七歲吧，我就決定我這輩子最討厭的星座是魔羯座了。原因很簡單，因為我媽是魔羯座。但這邊有一個有點尷尬的問題。我姊的生日是十二月二十四日。雖然我上次祝她生日快樂已經是十七歲的事了，不過我有一直記得。我姊是魔羯座，最討厭的魔羯座。但我不敢討厭她，雖然她也很討厭我媽，但她絕對不能接受自己因為那個老女人而被牽連進自己弟弟最討厭的星座。所以我一直沒讓她知道這件事。

但我從來沒有討厭我姊，她完全沒有那種我媽魔羯座讓我討厭的尿性。也有可能是因為，從以前我們兩個就基本上是同一陣營的。我媽是大魔王，最討厭的人，魔羯座。而我姊是走在我前面的人，勇者，比我早十秒想到怎麼回嘴的聰明人，房門甩下去之前還會記得把弟弟一起拖進來的姊姊。姊姊很有想法，而且想法跟我很像，我們都跟媽媽不一樣。她比我勇敢，她比我善良，她也比我厲害。我很喜歡她，雖然她是個魔羯座，但我媽那些討厭的點，在她身上都不存在似的。全世界唯一一個好的魔羯座，我媽那些用來摧毀我信心的言詞，被她吸收後都變成她回打我媽的方法。所以我真的很討厭魔羯，但跟我姊無關。

我十七歲她十八歲又幾天那年。那陣子她和我媽的意見衝突已經多到沒有我上場的份，每次都是一挑一的個人戰。我媽大約也沒預料到最後會是這種結果，隔天早上還是準備了我姊那一份麵包和優格加桑葚果醬。但姊姊一直沒有出現在餐桌旁。我媽要出門上班時，她右手拿著鞋拔把腳塞進平底鞋，跟我說：「去叫你姊出來吃早餐。」

我說：「她昨天凌晨出門了。」

我媽本來看著地板，安靜了幾秒，抬起頭有點責怪地問我：「你怎麼都沒跟我說？」

姊姊的房間是我們家的風口，她在我們整間屋子的正南面，是風灌進來最多的地方。我的是在正西邊，所以我跟她的窗戶看出去景象是完全不同的，雖然大部分都是海。我姊離家後，家裡的人像是在躲避什麼一樣，沒怎麼在那裡進出。爸媽可能是，還不能接受吧，我不確定。但我的話是因為那時是我第一次十七歲，走進她房間時，有一股特殊的香氣。那時心裡總會產生一些奇怪、害羞的想法，讓我不敢待在那裡。所以反而大約半年後，最常進出她房間的人是林卉慈。

卉慈常一個人跑去她房間待著。偶爾會傳出音樂旋律，或冷氣開關的嗶嗶聲。每次她回家前都會順道過來旁邊我的房間跟我打招呼，彼此問一下這禮拜發生了什麼事，電視上陳漢典又模仿了什麼。她會曲起雙腳坐在我的床上，看著在旁邊書桌讀書的我。

我的檯燈剛好只能照到她塗了粉色系指甲油的腳趾甲和腳趾頭，小腿以上都隱身在黑暗裡。短頭髮長度大約到耳垂，靠過來看我的教科書時會晃到我臉頰上。文科還好，但理科的話，她大約認真在旁邊盯著頁面二十秒後，就會靠回床上，說，不懂。然後傻笑一下。

考學測前一天晚上，她陪我念書到很晚。臨走前跟我說明天加油，並告訴我，她交了一個男朋友。這句話搞得我直接成為指考戰士。

上大學那個夏天，我自己一個人北上。姊姊那時才剛在電視上出現了幾個月，我在搬宿舍那天，她突然跟我說她要去美國。多久不知道，是經紀公司出錢的。我問她：「什麼意思？培訓嗎？」

「不是啦，去美國一陣子就對了。」

「我是不是不能問多久？」

「對。」

我其實沒有自己的行李箱，就拿了姊姊留著的 Samsonite BLACK LABEL 金色行李箱出門。挺質感的那東西。從台北車站搭捷運，在大安從紅線轉車時，午後兩點的陽光照進大片在月台之間移動天橋旁的落地窗。頭夾著手機的我突然發現，文湖線的顏色，在光影之間和她的金色行李箱是好類似的存在。

「那我也可以去嗎？」

「你去跟我製作人講。」

「這怎麼聽都很亂。」亂是我們姊弟那時喜歡的一個形容詞，並不是指淫亂或者混亂之類的，而是對一些兩人感到荒唐、不理解的事情的密語。

「是啊！」

「那要跟媽講嗎？」

猶豫幾秒，姊姊說：「講一下好了。」

「好亂喔！」我說。

「是啊！」我可以感覺到姊姊在電話那頭扶住了額頭，那是她覺得麻煩時的下意識動作。

不用擔心我啦——我以為她會這樣講，但她沒有。倒是傳了一張照片，背景是機場特有的大型格子窗。她的瀏海很爆炸，沒有化妝比她在家裡的模樣還土。手撐在桌子上，桌面還有一個白色的杯子，看起來像喝完的咖啡杯。奇怪的是杯口那邊完全沒有縐褶或水漬，好像全新沒有用過的。她笑得很開心，身上穿著一件長版T恤，我直覺是UNIQLO。她一直宣稱那是FRAY I.D的，但我相信憑當時的她根本下不了手。

至於她去美國這件事應該是真的，畢竟週刊都有拍到，而且回來後那英文口說真是溜到一個不行。

四

在我十七歲，我姊十八歲還沒三千天之前，她突然約我出來吃飯。而且因為她去美國後一直沒連絡也沒碰過面，我姊用她ＩＧ上有藍色小勾勾的官方粉絲團的帳號密我時我嚇了一跳。莫名奇妙地只有一句：六月十一日那個禮拜有沒有空？想要一起吃飯。很有禮貌，跟我媽一樣，果然是魔羯。

我們約在公館附近一家義大利麵餐廳，想說她好歹也算是個公眾人物了，不能讓她去平常吃的擁擠小地方。而且剛好那家義大利麵有日文菜單，我也不用翻譯給她聽。我到的時候，她已經坐在大型黃金葛盆栽旁邊的位子。上衣穿了GOUT COMMUN的無袖大地色，配了一件Emmi粉色寬褲，在腰間有個很像領口的設計。桌腳擺了一個CELINE的雙色大包，很好看，我在樂天上看過中古的價錢，也要差不多九萬日幣。

「弟！」我姊站起來，張開雙手朝我撲過來，被我嫌惡地推回座位上了。

她把嘴嘟起來抬頭看我：「你是不是又長高了呀？」

看到台北鬧區裡每個笑著走過的年輕女人，我都會覺得那是姊姊。特別是秋天冬天，松菸那一帶日系文青盛產的地區。但我姊很麻煩，她在電視上穿的愛牌基本都是日本，而且很可能是東京限定的品牌。台灣的妹妹們想模仿時，往往只能從淘寶找來勉強形似類色的單品來疊加。只是我一直覺得，我姊在螢幕上展現的那股懾人的獨特，是一個奢侈的再造，沒有辦法複製，那種東西是金錢堆加出來的。作工精緻而且脖子要夠細戴起來才漂亮的項鍊、原石光澤的耳環，還有一頭長到什麼造型都做得出來但每天整理應該要一個早上的頭髮。那頭髮真的很扯，普通異男是沒辦法了解那種程度的理容是怎樣一件事的。

「喔，不是啦！那不是真的，髮片加上去的。」

「髮片？」

「對啊，有時候要弄到六片。拍個雜誌封面而已喔！」我姊好像對義大利麵的味道不甚滿意，她手雖然還有在動，但就我對她的理解，那是我們姊弟保持禮貌的一個速度：「不然你看。」她右手繞到頭後面用一個爪形把馬尾散開，左右晃了兩下。

「好土喔！」

我姊白了我一眼：「沒有眼光。」

「你幹嘛都不來找我？」我姊問我，剛下飛機沒買網路跟我借Wifi的她，在我還沒想好答案前，又繼續說話了：「我上禮拜在泰國。」

「嗯，我知道。電視有說。」姊一臉狐疑，然後聳了聳肩。

「為了要拍攝節目。我們飯店有很漂亮的泳池，我一直很期待。那種沒有界線那種，我不知道中文要怎麼講。」

「沒關係我聽得懂。」

「可是等我真的下水的時候，我發現我不會游泳了。我的下半身完全浮不起來沉在水底。」

「不會游泳……我聽不懂。」

「就是，我發現我忘記怎麼游泳了。」姊這句話用中文說，我們見面後的第一句中文。一邊還把上半身往前傾，雙手的指關節敲在桌上。

「妳是不是吃胖了？」我發誓這真的是我第一反應，完全沒有要嗆她的意思。但我姊還是乾淨俐落地拍了我頭頂教育了她弟弟一下。

心裡還在努力記住胖比土程度上嚴重很多這件事，姊姊又繼續說：「所以我趕快跑去跟飯店借腳踏車來騎。」

「跟腳踏車有什麼關係？」換我一臉狐疑。

「我覺得游泳跟腳踏車一樣，都是學起來就不會忘記的技能啊！」

「好像是，吧。我也這麼覺得。合理。」

「好亂喔！」我姊這麼說，這句也是中文。

送她回機場時，我問她那家店不合胃口嗎？她說不是，只是剛剛一下飛機就自己先跑去買珍珠奶茶喝得好飽了。她又問了我一次：「怎麼都不來找我？」同樣的不讓我回答，自己又繼續講下去了：「我現在每天讓我自己養成一個習慣，就是每天都要記得抬頭看天空。我發現其實一個人在現代這樣的社會，是有可能整天脖子都沒往上抬的。一直看著手上的手機、眼前的螢幕，還有對話的對象。有一天我突然仰頭的時候，突然發現脖子後面那塊肌肉的感覺好不熟悉。」

我沒有說話，姊姊的日文好美，完全像個母語者一樣，在只有空調聲的車廂裡像耳邊突然響起的心跳。她繼續說：「所以我告訴自己每天至少記得要抬頭看天空一次。如果是在東京，雖然沒有星星，但回家時總會看到東京鐵塔的紅色跟白色。每個晚上的鐵塔好像都一樣，但卻又很明顯看得出來是不一樣的。我每天回家時會在看得到晴空塔的大樓縫隙前站一下，看一下它。會突然感受到自己又活過了一個二十四小時，還有很多個二十四小時。」她摸了摸我的頭：「你也可以每天抬一下頭，看一〇一。」

「下次來東京玩吧！」我姊這麼說。

五

但我真正和我姊在東京見面，又是幾年之後的事情了。我被台北耽擱了好一陣子，在成排的高樓大廈間，遠遠發出藍色光芒的一〇一。考慮了很久，最終我還是先去當完兵才準備出國的事情。就當我在營區裡頭，數著卡斯特菸蒂腦袋快被甩乾的日子，卉慈早我一步先去了日本。

卉慈拿的是打工渡假簽證，我姊知道她過申請後超級開心。一直跟她保證：「人來就好不用找房子也不用找工作，我都會處理好。」對於一個只有被邀請去東京玩的弟弟來講，我很明顯感受到這之間的差別待遇。但就我們這樣一起長大的經驗裡，好像又很理所當然。所以我也是一直到離退伍還剩一個多月時，才想到好像應該聯絡一下問候她們過得好不好。

「早不打晚不打的，女明星一天要睡十八小時你不知嗎？」在伴著蟬聲的營區外，她語帶睏意地說：「啊不就還好我今天沒有行程。」或許是因為在室內的關係，姊姊的聲音聽起來有點大。

「我只是來關心一下妳和卉慈的。」

「這樣啊！」姊姊的啊有點拖長音，她在伸懶腰我知道：「很好啊我們都很好。我有時有點忙會把她一個丟著而已，不過她自己會隨便亂逛。上野啊台場啊她都是自己去的，她特別喜歡吉祥寺。」

「真的喔，妳們一起住嗎？」

「沒有，我問我製作人，他叫公司給她一間空的公寓。」

「聽起來好亂。」

「跟我住有點麻煩。」

「因為妳會帶不同男生回家嗎？」

「不是啦，我行程常常大半夜回家的，我又常常睡到過中午。住一起會常常吵到彼此。」有物品被丟到木質地板上的聲音，我猜是拖鞋。果然，接著有啪噠啪噠的聲音傳來：「我們兩個禮拜六才吃一次飯，她喜歡吃咖哩飯。之前帶她去六本木那附近吃飯，好像太高級她很有壓力。所以現在我都讓她找，最近都在下北澤吃飯。」

「妳要刷牙了嗎？」

「還沒，泡咖啡。」

「啊她找到工作了嗎？」

「嗯……算吧。她最近在我公司這邊當臨演，跟我同一齣電視劇。她演在法庭上作證的的台灣留學生，日文說得不太好，可是剛好看到案發現場。」話筒另一邊傳來咖啡機啟動的聲音，豆子被粉碎得很快，一下子就不是原本的樣子。

「好亂喔！」我心裡其實是很高興的，雖然這樣說。

退伍後又摸了半年，才終於去到日本。只是我沒有往東京跑，沒有去找我姊。鴨川旁的一所研究室收留了我，讓我開始了在京都的十七歲生活。而跟我姊比起來，我也比較接近京都的氣質，雖然高傲的京都人一定會無視我這句話。雖然和姊姊已經站在同一塊島上了，但我卻更加認知到東京和京都是截然不同的兩個城市。在我過著午後吃完拉麵從鞍馬電鐵看祇園在下雨的悠閒日常時，東京的種種總讓我有一種黏稠的害怕。電視上都是東京，每個月更新層出不窮的各種名店排隊，拉麵、厚鬆餅、珍珠奶茶；各式節目裡好標準好長的敬語跟問候語，有一天我也在綜藝裡看到我姊。那個環節是粉絲跟偶像的一分鐘見面。粉絲轉過來和偶像對話，有一分鐘的時間，我姊跟她們之間有快兩公尺的距離。我姊會跟減了十二公斤，並且每天要和姊姊穿一樣衣服的少女一起飆高音，兩個人不斷來回好高興、好感動、要繼續加油，然後一分鐘就過了。

但奇怪的是，我對東京女孩子那非人類的高音「欸～」、「真的嗎～」感到不安，可是眼前的姊姊我卻一點都不陌生。她沒有在我面前這樣的表現過，但看著在電視上被粉絲感動到哭的姊姊，我還滿確定這個人就是她。她好像就是這樣子的人，那些被酸民們攻擊的虛偽跟造作，就我理解好像真的是這個人的一部分。但不是假的，姊的情感好像真的就是那樣流動的。她所表現的可愛、危險或者各種我覺得好亂的東西，都非常成立。好像人類在世界上就應該這樣活著，像東京人一樣，而京都人有夠自以為。

相較於我跟我姊，卉慈和父母的關係一直沒有我們姊弟倆來得那麼劍拔弩張。在我和我姊離開高雄之後，卉慈還留在那個港都。所以我相信我爸媽一定或多或少的，會把那些對於自己女兒兒子那突然翻臉的錯愕轉移到她身上。對於自己的小孩的不理解、疑惑，有很多年都被卉慈承擔了下來。我姊就算了，但當兒子在台北連續第三年說春節有事不回家時，兩個老人對卉慈的關愛，或者說噓寒問暖也變多了。

卉慈的打工度假簽只有一年，在最後一個月她和大部分的人一樣把工作辭了，從關東一路玩上北海道再繞到北陸回來一圈。而在我姊口中心太軟的她，也把我爸和我媽以及她的爸爸媽媽四個人邀來日本參與了兩個禮拜。我姊態度絲毫沒有動搖，放任四個老人在東京跟卉慈坐了又貴又只有英文導覽的雙層觀光巴士三天，完全沒有出現。但在坐了新幹線，富士山從窗外滑過的她們來到京都時，面對不是兩個而是四個老人的壓力的我，還是一起吃了一頓晚餐。

得到研究室的前輩建議後，我找了一家離老人們住宿的地點步行可到，又不會太華麗的義大利料理餐廳。秋天差不多要結束了，十一月的話，京都差不多在這個時節會飄一次很醜的雪。夾在雨裡，那個下午會特別冷，路上的銀杏突然消失。餐廳在京都車站的附近，才剛從地下的車站來到地面，寒風便從圍巾和厚襪的縫隙竄入。在等紅綠燈要到對面高島屋時，我突然抬起了頭。京都塔在不遠處的黑夜裡，白色的塔身因為距離光源的不同而略略顯出層次，好像還加了一些旁邊洩露的月光，雨一般的粉雪不斷飛向我凍僵的雙頰。

十個多月之後，我人生第一次踏進東京。前一個晚上我還在靜岡參加研討會，主辦單位很熱情，參與的學者也都偏年輕，所以大家喝了一輪又一輪的酒。自認已經沒有力氣瘋狂的我在第二杯後就躲回房間，寂寞的夜晚一個人滑著手機，突然看到一個畫面，瞬間腦袋空白。等我回過神來，我已經坐上往東京的夜班巴士了。

雖然姊姊留過地址，但從來沒來過的我來到那棟高級大樓前，看到戒備森嚴的管理室依舊愣住不知道怎麼辦。凌晨四點，我最後任性了一下，直接打電話給她。幸好，或者說正常發揮的她還沒睡。

從電梯出來沒有另外的大門，直接是姊姊的客廳。我制止想問我要不要喝茶的姊姊，直接把手機最後停在的畫面給她看：「可能要跟妳借個 Wifi。」我說。那是一個影片，裡面有林卉慈，還有一個男人。因為正面拍到了卉慈的臉，而且她眼睛還看向鏡頭，所以不會是偷拍的。姊姊按了播放鍵，才發現忘了連 Wifi，又滑去設定密碼，才開始觀看。一開始畫面只有卉慈，她口中正舔著男人的陽具。我姊盯著幾秒，按了快轉，連按幾次。原本潤滑抽動的聲音消失，變成卉慈的叫聲。這時的視角好像也換了，我在旁沒有看到畫面，但我姊像是克制不住一樣輕輕地蹦出了幾個字：「啊，製作人。」

和她從前的房間一樣，這裡的空氣也是香香的。聽著卉慈的聲音，我這才注意到，我姊在家裡穿著的這身裝扮好陌生。我都叫不出牌子，不是那些她平常在電視上或雜誌上的愛牌。還是很漂亮，但我突然覺得我的姊姊其實是我很不知道的一個人。

姊她拉了一張麻編的墊子坐到木質矮几旁。把左手放上矮几，手掌扶住額頭，沒有說話。

六

走出高鐵站的票口，卉慈站在憲兵隊旁邊的廁所前，用力地跟我揮著手。

拿到學位後不久，在我猶豫著是否要繼續留在日本時，一位和我甚是熟識的教授在睡夢中離開了。非常的突然，他走的那個晚上我們還在研究室外的廁所遇到，一起站著上完了廁所。也在差不多同一時間，簽證出了一點麻煩。結果就這樣莫名奇妙地回台灣了。在飛機上我才想到，教授好多年介紹我時沒提到我的姊姊是石原聰美了。

台灣在我離開的這幾年變化真的挺大的，有好的，也有壞的。公投裡出現婚姻平權時，我思考許久，最終決定要久違地回高雄投票。我跟我姊說我的決定時，她說：「很好啊！」

那天吃飯的地點是在一家泰國餐廳，老闆剛好是韓粉。但姊姊好像對台灣真的很不了解，並沒有太大反應。

「那要順便一起回來嗎？」我問。

「不要。」她立馬拒絕，然後又改口：「應該說，我這檔拍攝一直到十二月，無法。」

「好吧。」

吃了一口蔥香脆皮雞後，她突然看著我：「欸，弟弟。」

「什麼？」

「我最近的劇本啊，裡面有一句話我讀到時好像想通了什麼。」她把筷子放下：「你知道怎樣腳踏車才不會倒下來嗎？」

「怎樣？」

「你必須一直騎。不斷地踩，不斷地不斷地向前，這樣就永遠不會倒下來。」

「有夠日劇的。」

「廢話我拍的就是日劇啊！」她拿起一旁的帳單：「是說，你看過泰國人打招呼嗎？」

我把雙手合十放在胸前：「不是這樣嗎？」

姊姊把我的額頭壓到指尖上，大拇指抵住鼻心。

「你對我要這樣才對。」

在我正想抬起頭時，姊姊的聲音卻壓住了我。

「弟弟，不用擔心我。」

從左營到旗津的路程挺遠的，特別是卉慈騎車載我，還要先繞到南邊的前鎮過去。算一算都比從台北坐高鐵下來的時間長了。當我坐在後座，腦中思考著如果遇到了好事的鄰居和長輩，姊姊的各式各樣問題到底要怎麼回答時，耳朵突然像是被灌入大量海水產生了巨大的轟鳴。定神一看，原來我們已經騎進了過港隧道。多年不見，我忍不住左顧右盼，看看這個連接我老家和世界的通道。當我抬起頭，陳舊的黃色日光燈管在和我們平行的頭上，往我和卉慈的前後不斷延伸。

比較靠旗津那一側的燈光會變成白色的，就當我們視線裡出現白色的燈光時，一台紅色的貨櫃車從我們後方慢慢接近。巨大的身軀在小小的空間擠壓出低沉的回音，從鼻腔從耳朵從身上所有洞口湧入把我們壓縮在其中。貨櫃車轉彎時完完全全遮住了我們的光線，在那一瞬間，我突然產生會被它吞噬的恐懼。但它很快超過我們，往前方爬波，馬上就要駛出隧道。像鯨魚一樣，從我們身旁出現，又消失在眼前。

後記

這批小說中，最早一篇寫成的是〈在演習的早上開始寫的小說〉，那是十年前，大約是一個我主動點沙拉吃還會被稱讚的年代。最後一篇則是在今年完成的〈最後的神木〉，一個被營養師叮囑要多吃澱粉多吃蛋白質的年紀。

整理這些橫跨十年的稿子時，我常不由得驚嘆於我的不長進。類似的句型、一體兩面的困惑與憤怒，這些都沒有因為時間的流逝而有所解答。有時我常想，這就像每年幫我姊過生日一樣，因為是十二月二十四日，每一年，我好像都看著類似的紅綠配色，吃草莓蛋糕、炸雞和遲來的冬至湯圓，在拉炮中祝她生日快樂，順便聖誕快樂，然後明年大家都要一起加油。年年的重複，光影與氣溫，都像是提醒著自己，又是一個三百六十五天了，雖然身邊的人會有不同，但我好像從來沒有長大，像是一個圓一樣，繞了一圈，不斷地回到這裡。

說來有趣，我常喜歡把自己沒去過的地方放進小說裡，等寫成之後再去看看，那個地方和自己想像的到有多少不同。〈（如果）我的姊姊是石原聰美〉的東京，〈川上的舞孃〉的九州，〈夜永唄〉的長野，這本書裡所有小說在書寫時都有個我還未曾踏足過的地方。或許是對這些地方的美好想像吧，我反而不太敢去碰觸這些我有很好印象的地方，直到完成一篇小說，感覺整理好自己對它的好感後，我才終於敢啟程前往。一份情緒對我來說，如果需要被慎重對待，那常常，我選擇的是小說。

從這點來看，或許我不是一直在同一個地方轉圈圈，像沒有網路的影片。經過時間，經過小說，我多了面對事物的虛構。那是一種確認，也像一次召喚。十年前後的我，不知道為什麼始終保留了這個習慣。它帶著我用從外觀上來說幾乎是原地踏步的方式，到了很多很多地方。

像個螺旋一樣。

感謝在本書創作中給予過幫助的所有人，教導我在黑暗中睜眼，教導我在河水中憋氣；為我同時示範善良與不同，也不忘提醒我成長和初心。

感謝所有拿起這本書的人。

也感謝所有願意等待的人。

【發表紀錄】

〈夜永唄〉，《印刻文學生活誌》第二一四期

〈無本生意〉，《自由副刊》二〇二三年八月二十三日——二十五日

〈京都的星巴克們〉，部分內容刊載於《幼獅文藝》第八二三期、《皇冠》第八二六期

〈最後的神木〉，《聯合副刊》二〇二三年五月二十一日——二十三日

〈川上的舞孃〉，收入《九歌一一一年小說選》

〈在演習的早上開始寫的小說〉，《印刻文學生活誌》第二四〇期

〈（如果）我的姊姊是石原聰美〉，《印刻文學生活誌》第二三四期

INK PUBLISHING

文學叢書 721

像螺旋一樣

作者	吳佳駿
總編輯	初安民
責任編輯	林家鵬
美術編輯	陳淑美
校對	孫家琦　吳佳駿　林家鵬

發行人	張書銘
出版	INK 印刻文學生活雜誌出版股份有限公司 新北市中和區建一路249號8樓 電話：02-22281626 傳真：02-22281598 e-mail：ink.book@msa.hinet.net
網址	舒讀網www.inksudu.com.tw

法律顧問	巨鼎博達法律事務所 施竣中律師
總代理	成陽出版股份有限公司 電話：03-3589000（代表號） 傳真：03-3556521
郵政劃撥	19785090 印刻文學生活雜誌出版股份有限公司
印刷	海王印刷事業股份有限公司

港澳總經銷	泛華發行代理有限公司
地址	香港新界將軍澳工業邨駿昌街7號2樓
電話	852-2798-2220
傳真	852-2796-5471
網址	www.gccd.com.hk

出版日期	2023年 12 月 初版
ISBN	978-986-387-685-4
定價	350元

國家圖書館出版品預行編目(CIP)資料

像螺旋一樣／吳佳駿 著；
--初版. --新北市中和區：INK印刻文學，2023. 12
面； 14.8 × 21公分. --（文學叢書；721）
ISBN 978-986-387-685-4 (平裝)

863.57　　112017020

舒讀網